Nofelau eraill gan Arwel Vittle

**POST MORTEM
TALU'R PRIS**

Cyhoeddwyd gan Y Lolfa

DIAL YR
HANNER BRAWD

ARWEL ViTTLE

Argraffiad cyntaf: 2003

Clawr: Sion Ilar
Llun awdur: Gerallt Llywelyn

Rhif Llyfr Rhyngwladol: 0 86243 661 3

Cyhoeddwyd yng Nghymru
ac argraffwyd ar bapur di-asid a rhannol eilgylch
gan Y Lolfa Cyf., Talybont, Ceredigion SY24 5AP
e-bost ylolfa@ylolfa.com
gwefan www.ylolfa.com
ffôn (01970) 832 304
ffacs 832 782

I

AC YN Y UYD HAFGAN HYT Y UREICH A'E
PALADYR DROS PEDREIN Y UARCH Y'R LLAWR,
AC ANGHEUAWR DYRNAWT YNDAW YNTEU.

Nid yw Angus Porter yn gyrru'n dda.

Mae'n siŵr ei fod wedi blino ar ôl teithio'r holl ffordd
o'i dŷ yn Kensington i gefn gwlad Cymru. Mae'n rhwbio'i
lygaid ac yn ceisio canolbwyntio ar y lôn droellog. Mae ei
dŷ gwyliau mewn ardal eithaf anghysbell ar y Gororau,
ac mae'n rhaid dringo tipyn i gyrraedd y lle. Mae ei wraig
eisoes yno, yn aros amdano, ac mae'n siŵr bod y gwin
wedi'i agor a'r swper yn y popty.

Wrth iddo newid gêr i ddringo'r allt serth mae'n edrych
ar y lleuad lawn yn chwarae mig rhwng brigau'r coed ar
lethrau'r dyffryn. Nid yw Angus Porter wedi edrych yn y
drych ers tro, ac nid yw wedi sylwi, felly, ar y cerbyd tywyll
sydd wedi bod yn ei ddilyn o hirbell ers milltiroedd.

Am beth mae'r dyn yn meddwl tybed? Pa golofn ddigrif
yn llawn clyfrwch smala sydd yn cyniwair yn ei ben?
Gwawdio pwy fydd o yr wythnos hon gyda'i eirfa goeth
a'i frawddegau sbïwch-mor-ffraeth-ydw-i? Pwy a ŵyr,
efallai y bydd yn troi ei sylw unwaith eto at gael hwyl am
ben y Cymry? Wedi'r cyfan, nid oes yr un grŵp ethnig
arall ar ôl i'w watwar, ac fe gafodd o hwyl go dda arni'r
tro diwethaf.

Long-winded dissemblers, narrow-minded cave Celts.

Ac fe gafodd sylw ardderchog. Cododd cylchrediad ei bapur wrth i'r Cymry penboeth gynhyrfu'n lân yn dilyn ei ymosodiadau coeglyd.

Immoral liars, semi-literate trolls. Babbling away in their guttural patois.

Er mwyn ymdrechu i gadw'n effro mae'n ceisio gwrando ar Classic FM. Gorsaf ganol y ffordd i ddyn canol-ael.

Rwyt ti'n penderfynu ei bod hi'n amser i ti agosáu at dy brae.

Mi wyt ti'n fflachio dy oleuadau ac yn cyflymu'r cerbyd. Wrth i ti nesáu ato mae adlewyrchiad y goleuadau llachar yn tywynnu yn y drych yn gwneud i Angus Porter edrych i fyny am y tro cyntaf ers hydoedd. Mae'r goleuadau yn ei ddallu ac am eiliad mae'r BMW moethus yn crwydro i ochr y lôn. Yn sydyn mae'n sylweddoli pa mor agos ydyw at y dibyn ac mae'n ennill rheolaeth yn ôl ar y llyw mewn pryd. Cwyd ei ben eto i edrych ar y sawl sy'n ei ddilyn. Nid yw'n gallu gweld dim ond cysgod du a dwy lamp sy'n disgleirio'n fygythiol ac yn dod yn nes ac yn nes.

Erbyn hyn mi wyt ti ar ei gynffon. Mi wyt ti mor agos nes dy fod yn gallu clywed cerddoriaeth glasurol, ganol y ffordd yn atseinio drwy'r BMW. Beth yw'r alaw, tybed? Mae'n swnio fel sonata i'r piano a'r *cello* gan Beethoven, ond dwyt ti ddim yn cofio pa un. Rhif 5 mewn D Fwyaf efallai, ond fedri di ddim bod yn siŵr.

Mae Angus Porter wedi dy weld di. Fydd hi ddim yn hir nawr. Mae'r amser i wneud y symudiad olaf yn agosáu.

Mae'r lôn yn dal i droelli a dringo; ar ôl y rhiw nesaf mae yna dro go arw.

Dyna dy gyfle.

Fel tamaid i aros pryd mi wyt ti'n rhoi dy droed i lawr ac yn taro'r BMW arian yn ei gefn.

Unwaith.

Ddwywaith.

Deirgwaith.

Ydi hynny wedi ysgwyd Angus Porter? Ydi, gobeithio. Daeth awr y dial i'r colofnydd haerllug. Yn y munudau cyn talu'r pwyth yn ôl mi wyt ti'n cofio geiriau ffraeth y Sais.

Stunted racists. These are the language fascists on the scrap heap of humanity.

Wrth gofio gwawd Angus Porter mi wyt ti'n atgyfnerthu dy benderfyniad. Efallai fod dy bobl di yn llywaeth a di-asgwrn-cefn, ond nid lle'r estron trahaus hwn yw dweud hynny. Dy le di yw rhoi dy genedl yn y glorian, nid y pripsyn snobyddlyd hwn o Lundain.

Fydd hi ddim yn hir nawr. Wrth i'r car arian baratoi i fynd rownd y tro, fel roeddet ti'n amau, mae yna fwlch wedi agor ar y tu mewn. Troed i lawr eto ac anelu am y bwlch rhwng y BMW a'r clawdd. Wrth yrru drwy'r bwlch mi wyt ti'n taro Angus Porter oddi ar ei echel, ac mae'n gorfod troi'r llyw yn wyllt i atal ei hun rhag syrthio dros ochr y ffordd.

Rhaid i ti weithredu'n gyflym. Rhaid taro car y Sais eto.

Ac eto.

Does dim lle i ddau gar ar y lôn hon. Mae'n rhaid i un ohonoch chi ildio. Ti sydd â'r fantais. Ti sydd ar y tu mewn ac mi wyt ti mewn cerbyd llawer uwch nag ef. Mae Porter yn beryglus o agos at y dibyn serth. Does dim rhwystrau diogelwch – un hyrddiad arall ac mi fydd y gwaith wedi'i wneud.

Mi wyt ti'n troi'r llyw yn galed, ac yna'n clywed clec uchel a sŵn crafu. Mi wyt ti'n edrych allan ac yn gweld siâp arian yn diflannu'n sydyn oddi ar y lôn. Mi wyt ti'n arafu, yn brecio ac yn stopio'r car. Mae'n rhaid i ti gael gweld y munudau olaf.

Yn bwyllog a heb gynhyrfu mi wyt ti'n mynd draw at yr ochr. Gan fod y lleuad yn olau mi wyt ti'n gallu gweld siâp drylliedig y car arian yn sgleinio ar waelod y dyffryn. Yn y gwyll mae nodau Beethoven yn dal i seinio drwy dawelwch y cwm hir.

Wrth i ti wylio mae'r cyfan yn ffrwydro mewn pelen o dân oren. Mi wyt ti'n gwenu'n foddhaus wrth ddychmygu corff llipa Angus Porter yn cael ei amlosgi ar lan yr afon. Ar noson oer o Hydref mae'r gwres yn braf ac yn cynhesu dy galon. Mae'r helfa ar ben, a'r troseddwr wedi'i gosbi. Dim ond un peth yn awr sydd ar ôl i'w wneud.

Mi wyt ti'n estyn amlen wen o dy gôt, ac yn ei rhoi'n ddestlus dan garreg o fewn llathen neu ddwy i'r union fan lle gadawodd BMW Angus Porter y lôn.

Yna mi wyt ti'n diflannu i'r tywyllwch.

II

Bore dydd Llun oedd hi pan ddaeth y neges.

Roeddwn i ar fy ffordd i'r gwaith ar ddiwrnod llwyd, diddim arall, a'r cymylau isel yn rhy lwfr i fwrw glaw. Roedd gen i awr rydd cyn darlith gyntaf y dydd, felly penderfynais alw heibio John Doe's, fy hoff gaffi, er mwyn cael paned o goffi Colombia, bagel caws Jarlsberg a tharo cip sydyn ar y newyddion diweddaraf yn y *Guardian* cyn hel fy nhraed draw at 'yr academig dost'.

Porais drwy'r papur wrth aros am fy nghoffi. Penawdau bras am y rhyfel yn y Dwyrain Canol oedd y rhan fwyaf o'r newyddion, ac ar waelod y dudalen flaen yr oedd hanes cyfarfod coffa gan sêr y cyfryngau i gofio'r colofnydd pigog a'r cyflwynydd teledu enwog Angus Porter, a fu farw mewn damwain car fis diwethaf. Llosgwyd y car a'r gyrrwr yn ulw. Rwy'n cofio meddwl pan ddigwyddodd y peth na fyddai neb yng Nghymru yn galaru amdano, ond er nad oedd o'n un o'm hoff bobl, ni fuaswn yn dymuno diwedd felly iddo chwaith.

Yna, wrth i mi symud o'r cownter a mynd draw i eistedd ger y ffenestr, canodd y ffôn symudol yn fy mhoced.

"Mathew? Shw' ma'i ers tro? Wyt ti'n cadw'n iawn?"

Am eiliad wnes i ddim adnabod y llais ar y ffôn. Synhwyrodd y llais hynny a chyflwynodd ei hun.

"Brynmor sy 'ma. Brynmor Davies, Garnant."

Brynmor Garnant, neu Bryn Aman fel oedd pawb yn mynnu ei alw yn y coleg ers talwm.

"Ia, s'ma'i ers tro? Be fedra i wneud i chdi?"

"Gwranda, oes modd i fi gael gair preifat 'da ti heddi rywbryd? Mae e'n fater eithaf pwysig."

"Am be, 'lly?"

"Alla i ddim gweud dros y ffôn, ond rho ddeg muned i fi ac fe weda i wrtho ti."

Rwy'n sgut am ryw ddirgelwch, felly wnes i ddim meddwl ddwywaith cyn trefnu cyfarfod. Os mai gwaith oedd y pwnc dan sylw mi fyddai'n ddigon hawdd dweud na, ond os mai rhywbeth arall oedd yn mynd â bryd yr hen Frynmor, wel, mi fyddai'n braf cael sgwrs am yr hen ddyddiau eto.

"Iawn, mae gen i awr rydd rhwng pedwar a phump. Tyrd draw i'm stafell yn y coleg. Wyt ti'n gwybod dy ffordd rownd y campws?"

"Ydw, dw i'n cofio lle mae dy adran. Wela i di am bedwar. Hwyl."

Doeddwn i ddim wedi clywed gan Brynmor ers aduniad coleg rhyw bedair blynedd ynghynt. Roedd Brynmor yn yr un flwyddyn â mi. Prif bwnc oedd Seicoleg i mi, ond cwrs atodol i lenwi bwlch oedd y pwnc iddo ef. Yn fab i löwr, ef oedd y cyntaf o'i deulu i fynychu coleg prifysgol ac o'r herwydd roedd yn dangos brwdfrydedd ym mhob agwedd ar fywyd y coleg – o fynychu ralïau gwleidyddol i chwarae rygbi ac astudiaethau academaidd.

Graddiodd Brynmor gydag anrhydedd mewn Cymraeg a Hanes, ac roedd pawb yn disgwyl iddo fynd yn athro. Er syndod i bawb, serch hynny, troi at yrfa fel plismon wnaeth Brynmor. Er iddo ymhél rhywfaint gyda'r Blaid a Chymdeithas yr Iaith yn y coleg, cafodd ei yrru gan ysfa i "helpu eraill a gweithredu'n gadarnhaol", chwedl yntau. Mater digrifwch i'w ffrindiau oedd dychmygu'r cenedl-aetholwr a'r sosialydd tanbaid yn tyngu llw i'r frenhines a gwisgo'r lifrai glas.

Colli cysylltiad wnes i wedyn am rai blynyddoedd, ond ar ôl i'r adran seicoleg yn y brifysgol ddechrau ymhél â gwaith proffilio seicolegol, daeth cais gan yr heddlu i mi wneud gwaith proffilio ar achos diflaniad geneth bymtheg oed yng Nghaerdydd. Yn gweithio ar yr achos yr un pryd â mi oedd Brynmor. Bellach, roedd yn Dditectif Arolygydd yn CID Heddlu'r De ac yn cael blas ar ei waith, yn dal i ddyfynnu T H Parry-Williams a chwarae rygbi ac yn parhau i fwynhau peint neu ddau. Roedd Brynmor yn ddigon allblyg a chroendew i allu dygymod â phwysau gwaith plismon cyfoes.

Codais y ffôn a rhoi caniad sydyn adref i roi gwybod y byddwn ychydig yn hwyr yn cyrraedd yn ôl heno.

"Be sy, felly?" holodd Rhiannon yn serchog. "Gorfod disgyblu myfyrwyr anwar?"

"Na, mae gen i domen o waith marcio erbyn dydd Mercher. Sa'n well i mi roi cychwyn ar y peth heno. Fydda i ddim yn hir. Mi fydda i 'nôl cyn wyth."

"Ocê. Gei di forol am dy swper dy hun, a dy dro di ydi rhoi stori i Elin heno."

"Dw i'n cofio. Ddeudus i na fydda i ddim yn hir."

"Iawn. Dw i isio mynd i'r wylnos heddwch y tu allan i Neuadd y Ddinas heno am ddeg, cofia."

"Fydda i adra ymhell cyn hynny, paid â phoeni."

"A chofia hefyd fod gen i gyfarfod cyfieithu gydag S4C nos yfory am saith. Os oes gen ti bentwr o waith ella sa'n well i mi drefnu cael rhywun i warchod y plant."

"Ia ella, ym… ga' i weld faint o waith fedra i 'neud heno. Wela i di wedyn."

"Yli, mae'r rhaglenni plant ar 'u hannar ac maen nhw'n dechrau swnian. Dw i'n meddwl bod Rhys wedi colli'r sapiwr i lawr ochr y gadair eto. Well i mi fynd, wela i chdi wedyn."

"Hwyl."

Rhoddais y ffôn 'nôl yn ei grud.

Doeddwn i ddim yn anghytuno gydag ymroddiad Rhiannon a'i ffrindiau i'r ymgyrch dros heddwch, ond doeddwn i ddim yn frwdfrydig chwaith. Rwy'n cofio dadlau gyda hi ynghylch eu slogan poblogaidd 'Heddwch a Chyfiawnder, Bara nid Bomiau'. Oedd hi a'i ffrindiau'n sylweddoli y byddai gweithredu'r slogan yn ymarferol yn gofyn am chwyldro drwy'r byd Gorllewinol? Ac mi fyddai'n rhaid i ni i gyd roi'r gorau i'n ffordd gysurus o fyw. Gan gynnwys y protestwyr. Ymateb nodweddiadol Rhiannon i hynny oedd datgan: "Dim ots – mae'n well nag ista ar dy din yn gweld bai ar bawb, a gwylio'r byd yn gwallgofi".

III

AC Y GYT AC YD YMEUIL A'R CAWC, GLYNN Y DWYLAW WRTH Y CAWC, A'Y DRAET WRTH Y LLECH, YD OED YN SEUYLL ARNEI, A DWYN Y LYUERYD Y GANTAW HYT NA ALLEI DYWEDUT UN GEIR. A SEUYLL A WNAETH YUELLY.

Mae'r goleuadau'n pefrio dros Fae Caerdydd ac mae'r gwesty rhyngwladol dan ei sang. Ymgasglodd mawrion y genedl yno heno, er mwyn mynychu'r gynhadledd arbennig ar dechnoleg cyfathrebu newydd dan nawdd y Cwmni Telecom rhyngwladol. Mae'r ystafell gynhadledd yn orlawn o deledwyr a dynion busnes, cyfarwyddwyr asiantaethau datblygu a gweision sifil, Aelodau Seneddol ac Aelodau'r Cynulliad. Gwleidyddion proffesiynol y Gymru newydd.

Y bobl hyn sy'n ennyn dy ddirmyg. Y rhai sy'n gall a gofalus am yrfa, ac yn mynd allan o'u ffordd i gadw'r ddysgl yn wastad. Gwneud eu hunain yn dderbyniol ac osgoi bod yn ddadleuol. Peidio â phechu yn erbyn neb, ac aros yn glyd gyda'r sefydlogrwydd sefydliadol a dilyn y 'parti lein'.

Mi wyt ti'n adnabod llawer iawn o'r mawrion yma, ac fel rheol mi fyddai amryw ohonynt yn dy adnabod dithau hefyd. Ond nid heno.

Rwyt ti wedi mynd i drafferth mawr wrth baratoi ar gyfer y noson. Nid ar chwarae bach y llwyddaist i lifo dy wallt, gosod colur latecs ar dy drwyn a dy glustiau, a gosod y lensys cyffwrdd i newid lliw dy lygaid. Nid oes neb wedi sylwi ar yr aelod ychwanegol o'r staff arlwyo. Ar noson brysur fel heno maent yn falch o unrhyw help llaw.

Cyn hir daw gwrthrych dy ddialedd i'r ystafell. Aelod Cynulliad dros Gwm Ogwr – Owen Hughes, Aelod Llafur Newydd. Yn ei ieuenctid ffôl, ef oedd ysgrifennydd Militant ym Mro'r Sgêr. Rwyt ti'n ei gofio'n rhoi darlith i bawb mewn protest heddwch ar felltith gwleidyddiaeth bragmatig, ac yna rhyw fis wedi hynny yn gadael CND i weithio fel ymchwilydd i'r Blaid Lafur.

Bellach, mae'n uchel ym mholitbiwro Llafur Newydd yng Nghymru. Ef yw'r mwyaf asgell dde o'r cynrychiolwyr i gyd. Taflwyd y Trotscïaeth fel hen drowsus denim ar y domen syniadau, ond cadwyd y meddylfryd Stalinaidd wrth ennill a chadw grym o fewn y blaid a Chynulliad Cenedlaethol Cymru. Pan syrthiodd pwdl Prif Weinidog Prydain yng Nghaerdydd, pylodd seren Owen Hughes hefyd am gyfnod. Ond byrhoedlog fu'r ergyd honno, gan iddo ail-greu ei hun yn y Bae, a bellach mae'n stelcian y coridorau yn tramwyo o bwyllgor i bwyllgor yn erlid caredigion y Gymraeg.

Ar Bwyllgor Iechyd y Cynulliad dadleuodd yn frwd o blaid preifateiddio talpau helaeth o freuddwyd Nye Bevan. Byddai moderneiddio'r gwasanaeth fel hyn, wrth reswm, er lles y cleifion yn y pen draw. Nid yw mor barod, fodd bynnag, i godi llais yn erbyn bygythiad Cadeirydd cwmni cyffuriau rhyngwladol i gau ffatri gwneud ffisig yn ei etholaeth os na chaiff wneud elw o 150% wrth werthu'r cyffur AIDS diweddaraf i'r Gwasanaeth Iechyd Gwladol.

Yn olygus a main ers talwm, mae ei wyneb bellach yn sigo dan dagell anferth a'i grys yn brwydro'n ddygn yn erbyn pwysau ei fol sylweddol. Mae ciniawa gyda'r gwŷr grymus yn waith caled ac mae'n siŵr mai sgil-effaith gweithio gyda'r mawrion yw'r newid a fu yn siâp ei gorff.

Cymydog a chyfaill personol iddo yw Cadeirydd CBI Cymru, ac yn ôl y sôn mae Canghellor y Trysorlys yn bartner yfed iddo pan fydd ar ymweliad â Llundain.

Wrth i ti agosáu gydag arlwy bwffe arbennig ar ei gyfer, rwyt yn sefyll wrth ei ysgwydd yn gwrando arno'n brolio'i lwyddiannau diweddar. Hel atgofion y mae am gyfarfod y Pwyllgor Iaith a Diwylliant.

"And I said to him… 'Are you now or have you ever been an advocate of racist and xenophobic ideas?'"

Ymfalchïai yn y modd y bychanodd yr addysgwr am ei ymroddiad i addysg Gymraeg.

"Then after a few easy ones I said, 'Have you advocated the extirpation of English as the natural mother tongue of the Welsh people?' I couldn't keep a straight face, myn."

Mae Owen Hughes yn chwerthin o'i hochr hi. Ac mae is-olygydd meddw'r *Welsh Mirror* a Maer Caerdydd yn barod iawn i rannu'r hwyl.

"Then I had a go at Saunders Lewis. Insulting that old fascist bastard always seems to get their goat. I even got the Plaid woman to agree with me!"

Edrych arno mewn difri. Fe allai pobl fel hwn fod wedi creu Cymru newydd, ond yn hytrach na hynny be' wnaethon nhw?

Geni'r erthyl 'Cŵl Cymru'.

A cholli cyfle prin.

Eto.

Ar ben hynny dewisodd erlid yr heniaith fwyn i'r bedd dim ond er mwyn ennill ychydig o bleidleisiau mewn etholiad i'r 'cyngor sir cenedlaethol'. Am hynny mae'n rhaid iddo ddioddef a dim ond y ti sy'n barod i weinyddu'r ddedfryd.

Druan o'r Gymraeg. Mae gan yr heniaith lawer o ffrindiau – cylchoedd, cyfeillion, cymdeithasau, cefnogwyr a chymunedau. Mae ganddyn nhw i gyd dri pheth yn gyffredin. Maen nhw'n caru'r Gymraeg. Maen nhw'n casáu ei gilydd. A dim ond eu sect nhw sy'n ddigon da i'w hachub. Ac rwyt yn eu dirmygu nhw i gyd am eu diffyg undod a'u hunangyfiawnder. Dim ond y ti sy'n barod i weinyddu'r ddedfryd ar fradwyr fel Owen Hughes.

Mae sgwrs y drindod wedi troi at rygbi, ac mae hynny'n dy ddiflasu. Gwell tynnu pethau i'w terfyn.

Rwyt yn agosáu ato gyda'r hambwrdd arian a'r diodydd. Ni fyddai'n drasiedi fawr pe bai un o'r ddeuddyn arall yn cymryd yr abwyd, ond Owen Hughes yw dy darged heno.

Iddo ef y daw'r cynnig cyntaf i gymryd y siampên. Yn ôl y disgwyl nid yw'n gwrthod. Rwyt yn cynnig gwydr i'r ddau arall yn gwrtais ond sydyn. Trwy gil dy lygaid rwyt yn gweld y gwleidydd yn sipian ei ddiod. Tybed a yw wedi clywed yr arogl almonau ar ei siampên?

Fydd hi ddim yn hir nawr. Rhaid i ti symud yn bwyllog ond yn sydyn.

Gan symud drwy'r dorf pwysigion heb ffwdan, rwyt yn nesáu at y bwrdd arlwyo lle mae'r danteithion wedi'u trefnu'n atyniadol, ac yn gadael yr amlen o dan yr hambwrdd arian gerllaw'r *foie gras*.

Fe hoffet ti fod wedi bod yn agosach at Owen Hughes yn ei funudau olaf, i'w weld yn ceisio datod ei goler a'i dei bô, yn methu cael ei wynt ac yn methu deall beth oedd yn digwydd iddo wrth i'r gwenwyn rewi ei gorff a difa'i du mewn. *C'est la vie. C'est la mort.*

Wrth i ti agosáu at ddrws y gegin mae yna gythrwfl a sŵn mawr yn dod o ganol y llawr. Cyn camu i'r gegin rwyt ti'n edrych draw ac yn gweld tyrfa wedi ymgasglu o amgylch corff dyn sydd wedi syrthio i'r llawr. Wedyn, rwyt yn troi dy gefn ac yn cerdded yn syth drwy'r gegin i gefn y gwesty, ac allan i noson lawog ym Mae Caerdydd.

IV

Munud neu ddau ar ôl pedwar o'r gloch daeth cnoc awdurdodol ar ddrws fy ystafell yn y coleg.

"Dewch i mewn."

Camodd Brynmor i mewn, gan fy nghyfarch yn wresog. Ystrydeb byw o'r cawr tyner ydoedd, ond wedi'r cyfnewid cyfarchion synhwyrais nad oedd mewn hwyliau cystal â hynny.

"Wy moyn gofyn ffafr fach, Mathew. Wyt ti'n cofio'r gwaith proffilio 'na wnest ti i ni rai blynydde 'nôl?"

"Ydw. Be amdano fo?"

Roeddwn wedi amau mai rhywbeth felly oedd wrth wraidd galwad ffôn y bore yma.

"Wel, rwy angen dy help di ar hwn."

Aeth ymlaen i sôn am ddau achos o lofruddiaeth *bizarre*. Dau hyd yma, hynny yw.

Soniodd am y ffordd yr oedd yr awdurdodau wedi penderfynu peidio â chysylltu'r llofruddiaethau'n swyddogol, er eu bod yn argyhoeddedig bod yna gysylltiad rhyngddynt. Adroddodd hefyd am y modd yr oedd y llofrudd yn lladd mewn ardaloedd gwahanol. Powys i ddechrau ac yna yng Nghaerdydd. Un peth trawiadol amdanynt oedd y nodiadau oedd yn cael eu gadael gerllaw'r llofruddiaethau – dyfyniadau o Bedair Cainc y Mabinogi mewn llawysgrifen Gothig.

Aeth Brynmor yn ei flaen i sôn am benderfyniad yr awdurdodau i gadw'r peth yn dawel rhag annog efelychwyr, ac yn y gobaith y byddai mygu cyhoeddus-rwydd yn cymell y llofrudd naill ai i roi'r gorau i'w ymgyrch facâbr neu wneud camgymeriadau a fyddai'n arwain at ei ddal. Ond, hyd yma, nid oedd hynny wedi gweithio. Erbyn hyn roedd heddluoedd ar draws Cymru benbaladr yn ymwneud â'r achos, ac roeddent dan bwysau mawr iawn i ddal y dihiryn.

"Rhyngtho ti a fi a'r pared, y teimlad cyffredinol yw taw Cymro yw'r llofrudd. I ddechre ro'n i'n credu taw Sais oedd wrthi. Rhywun o'dd ishe pardduo enw da'r Cymry. Allen i ddim dychmygu Cymro yn gwneud y pethe o'dd hwn yn 'u 'neud."

"Ia wn i, mae o yn ein cefndir Anghydffurfiol ni rwla. 'Does neb drwg yn siarad Cymraeg'."

"Yn gwmws, ond wedyn 'dyn ni ddim gwell na gwaeth na phobl eraill odyn ni? Wel, y theori gynta o'dd bod 'da'r bachan 'ma yffach o gomplecs, a bod angen proffil seicolegol ohono er mwyn ein helpu i'w ddala. Ryn ni wedi tynnu cwpwl o eithafwyr Cymraeg miwn, ac mae 'na bobl digon od yn 'u canol nhw alla i weud wrtho ti…"

"Ond neb digon gwallgo' i wneud hyn?"

"Na, does neb yn sefyll mas mor belled, ta beth. Felly, maen nhw lan llofft ar 'y nghefen i ishe creu proffil ar gompiwtyr. Nonsens yw 'ny. Beth yffach mae cyfrifiadur yn 'i wybod am bobol?" bytheiriodd. "Wedes i 'mod i moyn rhywun fel ti i'n helpu. Ti'n nabod pobol, ti'n siarad Cymrâg ac yn nabod y lle 'ma gystal â neb. Felly 'co fi yn dod ar 'y nglinie i ofyn i ti am help. Achos os na ddalwn ni'r bachan 'ma'n glou, Duw a ŵyr beth wneith e. Allan nhw ddim cwato'r peth am byth a phan ddaw'r stori mas bydd enw da Cymru yn y mwd, ar draws Ewrop. Y llofrudd Cymraeg. Mi fyddwn ni i gyd yn cael ein peinto 'da'r un brws!"

"Wel, mae gynnon ni bopeth arall," awgrymais. "Rhyw fath o senedd, rhyw fath o dîm rygbi, rhyw fath o sianel deledu a rŵan rhyw fath o Hannibal Lecter! Cenedl fodern gyflawn!"

Esboniodd ei fod yn troi ataf i am sawl rheswm. Roedd yn ymddiried yn llwyr yn fy marn wrthrychol. Roedd yn parchu fy ngallu dadansoddol. Roedd hefyd yn credu bod angen rhywun o gefndir Cymraeg i allu deall y llofrudd yma, ac nad oedd modd i rywun o'r tu allan ddeall teithi meddwl y troseddwr.

Ond er gwaethaf geiriau hael ac ymbiliadau Brynmor, digon claear a llugoer oedd fy ymateb. Roedd yr achos yn ddiddorol, ac yn naturiol roeddwn yn chwilfrydig ynglŷn â'r llofruddiaethau. Y *serial killer* Cymraeg cyntaf. Byddai mynd i'r afael ag achos o'r fath, a llwyddo i fynd i waelod y dirgelwch yn sicrhau anfarwoldeb i bwy bynnag fyddai'n datrys y llofruddiaethau a dod o hyd i'r troseddwr. Roedd yn demtasiwn cryf derbyn gwahoddiad Brynmor.

Yn erbyn hynny, fodd bynnag, yr oedd fy mhrofiadau yn y gorffennol.

Tyngais na fyddwn i byth yn ymwneud â gwaith fel yna eto. Roedd y troeon diwethaf y bûm i ynghanol achos o'r fath wedi bod yn anodd. Roeddwn i wedi mynd yn rhy agos at y troseddwr, wedi uniaethu gormod ag ef, a dechreuodd y peth effeithio ar fy mywyd personol y tu allan i'r gwaith.

Roeddwn yn gyfarwydd â dywediad Nietzsche am beidio â brwydro yn erbyn bwystfilod, rhag ofn i chi eich hun droi'n fwystfil, a'i rybudd rhag syllu i fyw affwys diddymdra, rhag ofn i'r affwys syllu i mewn i chi. Dyna'r tro cyntaf, serch hynny, i mi brofi'r peth go iawn. Pe bawn i'n onest mi fyddai'n rhaid i mi gyfaddef fod yr ergyd honno wedi fy sigo am gyfnod go hir. Hirach na'r disgwyl.

Ac fe gymerodd hi gryn dipyn i mi ddod ataf fy hun.

Fel pe bai'n sylweddoli beth oedd yn mynd trwy fy meddwl, gofynnodd Brynmor: "Odyw Rhiannon a'r plant yn cadw'n iawn? Beth yw oedran yr hynaf 'da ti nawr? Naw?"

"Deuddeg mis nesaf. Ydyn, maen nhw'n dda iawn, diolch i ti. Mae bywyd wedi bod yn llawer haws yn y tair neu bedair blynedd diwethaf. Mae'r ffags wedi stopio ac rwy wedi arafu ar yr yfed. Sut mae'r teulu gin ti?"

Gwgodd Brynmor a chrychu ei aeliau.

"Wedi bennu," meddai'n swta. "Mae Eleri wedi gadael ers blwyddyn, 'chan. Mae hi wedi rhedeg bant i Sir Benfro. Yn y nodyn adawodd hi ro'dd hi'n gweud nad o'dd bod yn wraig i gop yn siwtio artist fel hi, a'i bod hi am fynd i chwilio am ei hochr ysbrydol yn Nhyddewi. Ond ges i wybod wedyn bod hi'n cael help gydag ochr ysbrydol pethe gan ryw hipi dau ddeg pump oed o Reading."

"Mae'n ddrwg gen i, wyddwn i ddim…"

"Na, popeth yn iawn. Mae hi tu cefen i fi nawr ta p'un. Wyt ti moyn amser i feddwl cyn cymryd y job 'ma 'mlaen?"

Nodiais fy mhen.

"Mi hoffwn i dy helpu, ond… dw i ddim eisiau mynd yn ôl… dw i wedi gorffen gyda phetha fel'na…"

"Grynda. Does dim ishe i ti ddod mewn i'r swyddfa na dim fel 'na. Fe allwn ni ddod i drefniant gyda'r adran. Mae 'na waharddiad newyddion ar y peth 'ma achos maen nhw lan llofft moyn cadw'r peth yn dawel. Felly, fydd dim ishe i neb arall wybod beth wyt ti'n 'i 'neud. Gwêd bod 'da ti waith ymchwil newydd. Meddylia am rywbeth. Ond…"

"Ond be?"

"Ond rwy wedi bod mor ewn â chael gair gyda dy Bennaeth Adran cyn dy ffono di. Mae e'n folon dy ryddhau di am gwpwl o ddyddie'r wthnos tra bo'r achos 'ma'n para.

Wedes i nag o'n i'n gallu gweud popeth wrtho fe, ond fe gytunodd e'n ddigon clou. Boi craff iawn os ti'n gofyn i fi!"

Doeddwn i ddim yn synnu. Bu'n wasgfa ar yr adran yn ddiweddar yn sgil aildrefnu strwythur mewnol y coleg, ac mi fyddai cydweithio gyda'r heddlu'n dipyn o bluen yn ein het, heb sôn am ddod ag arian defnyddiol iawn i'r adran.

"Does dim ishe i ti benderfynu heddi. Ond does dim amser i'w golli chwaith. Mae'n bwysig symud yn gyflym wrth wynebu llofrudd fel hyn."

Roedd cymaint â hynny'n amlwg. Yn ystod ei droseddau cyntaf mae'r drwgweithredwr yn dal i fireinio ei *modus operandi*. Os na chaiff ei ddal yn fuan yna mae'r gwaith o ddal troseddwr – o'r llofrudd i'r lleidr cyffredin – yn mynd yn llawer anoddach.

"Dishgwl, mae 'da fi ffeil y ddwy lofruddiaeth fan hyn. Gwêd wrtho fi fory os wyt ti ishe gweld mwy o fanylion fforensig."

Roedd y plismon yn cymryd yn ganiataol y byddwn yn methu peidio â chymryd yr her. Estynnodd ffeil swyddogol o'i ffriffcês a'i rhoi ar fy nesg.

"Rwy'n dy nabod di'n ddigon da i wybod na wnei di weud wrth neb am hwn. Cymer olwg arno fe os ti moyn, neu gad e ar dy ddesg heb ei agor. 'Sen i'n lico taset ti'n trio mynd i waelod motifs y bachan. *Though this be madness there is method in it*. Ond mae e lan i ti i gymryd hwn 'mlaen neu beidio. Fe fydden i'n deall yn iawn os nag wyt ti moyn mynd i'r afel â hwn. Ond mae e'n bwysig ein bod ni'n dala'r nyter 'ma'n glou, cyn iddo fe ein tynnu ni i gyd miwn i'r baw gyda fe. Wna i adael e gyda ti ac fe gysylltwn ni fory i gael sgwrs."

Agorodd y drws i adael. Cyn gadael, trodd a rhoi hanner gwên i mi.

"Cofia fi at Rhiannon a'r plant. Wela i di fory. Cymer ofal. Hwyl."

* * *

Gafaelais yn y ffeil a bodio trwyddi'n frysiog cyn cofio'n sydyn fod gen i ddarlith am bump. Teflais y ffeil i ddrôr fy nesg a'i rhoi'n ddiogel dan glo cyn brasgamu i lawr y coridor a chyrraedd y ddarlithfa â'm gwynt yn fy nwrn.

Rhyw hanner dwsin o'r myfyrwyr oedd wedi aros. Roedd y gweddill wedi hen fynd, yn falch o gael orig rydd yn hytrach na gorfod gwrando arnaf yn traethu ar 'Seicoleg Fforensig – Gwyddor ynteu Gelfyddyd'. Nid oedd fy meddwl ar y traethu, serch hynny. Rhoddais fersiwn dalfyredig o'r ddarlith i'r rhai oedd yn dal yno a dychwelyd i'm swyddfa.

Roedd chwilfrydedd yn drech na mi, a gwyddwn y byddwn yn gorfod edrych ar gynnwys y ffeil. Tawelais fy ofnau drwy ddweud wrthyf fy hun nad oedd hi'n rhy hwyr i dynnu'n ôl. Os oedd y deunydd yn rhy gryf i mi, os byddai fy meddwl yn llenwi gyda'r ysbrydion drwg eto, yna byddai'n rhaid i mi wrthod cynnig Brynmor.

Eto i gyd, gwyddwn hefyd ym mêr fy esgyrn nad oedd troi'n ôl wedi i mi roi'r agoriad yn y drôr i'w ddatgloi. Codais y ffeil o'r drôr, ei gosod ar y ddesg, a'i hagor.

V

Dechreuais bori trwy'r adroddiadau a'r ffotograffau. Dwn i ddim a oeddwn yn ymwybodol o'r peth ar y pryd, ynteu rhyw sylweddoliad isymwybodol ydoedd, ond gwyddwn na fyddwn yn siomi Brynmor. O'r eiliad y darllenais gynnwys y ffeil – na, o'r eiliad y canodd y ffôn yn y caffi y bore hwnnw – gwyddwn y byddai'n rhaid i mi gael i ben draw'r dirgelwch. Gwyddwn y byddai'n rhaid i mi wybod pwy oedd y llofrudd, a beth oedd ei gymhellion.

Digon clir oedd ffeithiau moel y llofruddiaeth gyntaf.

Car wedi'i yrru oddi ar ddibyn mewn cwm anghysbell ynghanol Powys. Cafodd y gyrrwr anafiadau difrifol i'w ymennydd. Dioddefodd y gyrrwr losgiadau gwael hefyd wrth i'r cerbyd yr oedd yn teithio ynddo ffrwydro ar ôl taro gwaelod y dyffryn.

Angus Porter oedd gyrrwr y car BMW. Colofnydd yn y *Mail on Sunday*, is-olygydd y *Spectator*, yn enwog ym myd y cyfryngau hefyd fel aelod cyson o raglenni ffraeth megis *Have I Got News for You* a rhaglenni celfyddydol ar Radio 4. Roedd yn enwog am ei arddull feiddgar goeglyd ac eironig.

Nid oedd dim olion o gerbyd arall yn y digwyddiad, a byddai'r heddlu wedi trin y mater fel damwain oni bai iddynt fethu darganfod dim byd o'i le ar gar Angus Porter, a'r ffaith ryfeddach bod amlen frown dan sêl wedi'i gadael wrth ymyl y fan lle gadawodd cerbyd y colofnydd y lôn.

Yn yr amlen roedd dyfyniad o gainc gyntaf y Mabinogi

mewn Cymraeg Canol wedi'i arwyddo gan rywun oedd yn galw ei hun 'Y Dialydd'.

Mae dadansoddi llofruddiaethau yn aml yn debyg i actor yn paratoi am rôl. Mynd at yr olygfa, edrych ar yr hyn sydd yno ar yr wyneb – deialog rhwng cymeriadau neu dystiolaeth – a cheisio canfod beth ddigwyddodd rhwng y prif gymeriadau yn yr olygfa – hynny yw, rhwng y llinellau. Is-destun yw'r enw ar y peth, dw i'n meddwl. A chyn actio golygfa rhaid gwybod pam fod y cymeriadau wedi ymddwyn fel y gwnaethon nhw. Holi pam, dyna sy'n allweddol.

Roedd yr ail achos yn fwy cymhleth. Owen Hughes, un o Aelodau Llafur y Cynulliad Cenedlaethol. Ar yr olwg gyntaf edrychai fel pe bai wedi cael trawiad ar y galon neu strôc ddifrifol mewn bwffe corfforaethol ym Mae Caerdydd. Datgelodd *post mortem*, fodd bynnag, olion pendant o wenwyn seianeid yn ei gorff. Rhestrwyd cynnwys ei stumog gan y crwner ac fe allai'r gwenwyn fod wedi'i guddio naill ai yn y bwyd a ganfyddwyd yn ei fol – darnau o gyw iâr, pasta, saws – neu yn y lefelau uchel o alcohol oedd yn ei waed.

Cadarnhad pellach o ddifrifoldeb yr achos oedd cynnwys nodyn mewn amlen dan sêl a ddarganfuwyd o dan un o'r hambyrddau ar y bwrdd arlwyo gerllaw. Roedd y darn papur yn cynnwys dyfyniad o drydedd gainc y Mabinogi, ac yn adrodd hanes Pryderi yn cyffwrdd â chawg aur mewn castell hud ac yn cael ei rewi i'r fan, cyn diflannu mewn cawod o niwl.

Manylion bywgraffyddol digon pytiog oedd wedi'u cynnwys am yr Aelod Llafur. Cadeirydd Pwyllgor Iechyd y Cynulliad, ac aelod hefyd o'r Pwyllgor Iaith a Diwylliant. I'r perwyl hwnnw y rhoddodd gynnig ar ddysgu'r iaith – heb fawr o lwyddiant. Yn ddiweddar, cafodd sylw mawr am ei agwedd ddiflewyn-ar-dafod tuag at y Gymraeg mewn addysg.

Yr hyn oedd yn anarferol am yr achosion hyd yma oedd methiant yr heddlu a gwyddonwyr fforensig i ganfod unrhyw olion megis olion bysedd, tystiolaeth DNA neu ddernynnau o ddillad y troseddwr yn y lleoliadau lle cyflawnwyd y llofruddiaethau. Roedd fel pe bai rhyw ysbryd, neu rywbeth goruwchnaturiol, wedi bod yno'n cyflawni'r troseddau.

Ar ôl darllen y manylion bras, eisteddais yn ôl a syllu ar y nenfwd. Er gwaethaf yr atyniad amlwg o ymwneud â'r gwaith roeddwn i'n rhydlyd iawn. Byddai angen i mi ddechrau o'r dechrau ac ailafael yn y dulliau gweithio elfennol cyn ceisio cracio'r dirgelwch.

Mae rhai pobl yn credu ein bod ni fel dewiniaid yn gallu cau ein llygaid a thrwy ryw wyrth ysbrydegol yn gweld wyneb ac enw'r troseddwr. Ond nid gwaith y proffiliwr yw datrys yr achos – gwaith ditectifs yw turio'u ffordd trwy'r dystiolaeth fforensig, yr olion DNA, a'r adroddiadau awtopsi. Arf i helpu'r rhai sy'n ymchwilio yw proffilio.

Wrth greu proffil mae'n rhaid archwilio pob agwedd ar y fan lle cyflawnwyd y llofruddiaeth er mwyn llunio darlun o'r math o berson sydd wedi troseddu. Ar adegau, gallwn greu darlun cyflawn iawn yn cynnwys rhyw, oed, galwedigaeth, anhwylderau, magwraeth, statws priodasol, cartref, hyd yn oed y math o gar y mae'n ei yrru. Nid rhoi enw ar y troseddwr a wneir ond casglu gwybodaeth amdano a dod i gasgliad am ei gymeriad. Rhaid mynd dan groen y troseddwr, dod i rannu'r un syniadau ag ef, gweld sut y mae'n meddwl, hyd yn oed gydymdeimlo ag ef er mwyn rhagweld pob symudiad o'i eiddo. Canfod y patrwm yn y drosedd. Camu'n ôl ac edrych yn wrthrychol ar y darlun, a gweld ei ystyr. Gweld ei ystyr ac yna creu proffil.

Mynd mor agos at y bwystfil heb ddod yn fwystfil eich hun.

Nid llofrudd torfol oedd hwn – rhywun sy'n lladd pedwar o bobl neu fwy mewn un lle ar un adeg, rhywun sy'n mynd yn rhemp mewn un lleoliad trwy saethu gwyllt. Nid llofrudd sy'n mynd ar sbloets o ladd oedd hwn chwaith – rhywun sy'n lladd dau neu fwy o bobl mewn llefydd gwahanol heb fwlch rhyngddynt. Trwy eu saethu neu eu trywanu, fel arfer.

Wedyn, mae gennych y llofrudd cyfresol, y *serial killer* bondigrybwyll. Rhywun yw hwn sydd wedi llofruddio ar o leiaf ddau achlysur, gyda chyfnod o saib rhwng pob llofruddiaeth. Gall hyn fod yn ddyddiau, wythnosau neu hyd yn oed yn flynyddoedd. Weithiau, dim ond oriau fydd rhwng un llofruddiaeth a'r llall; ond yr hyn sy'n bwysig yw bod pob llofruddiaeth yn ddigwyddiad unigryw ac ar wahân ym meddwl y llofrudd.

Llofrudd fel hyn yw'r Dialydd.

Ond roedd elfen bwysig i'w hystyried – nid y troseddwr yw'r allwedd i'r rhan fwyaf o lofruddiaethau. Yr allwedd yw'r dioddefwr – y sawl sydd wedi'i ladd. Rhaid edrych ar y dioddefwr a'r fan lle cyflawnwyd y weithred.

Dechreuais geisio ail-greu llofruddiaeth y gwleidydd yng Nghaerdydd yn fy mhen. Ceisiais ddychmygu'r Dialydd yn camu i mewn i'r gwesty. Sut aeth ati i gynllunio'r gwenwyno, ac ati. Ond nid oedd y meddwl yn gweithio'n glir heno. Doedd dim yn tycio, felly gwell fyddai troi am adref.

Erbyn i mi gerdded allan o'r swyddfa ac anelu am fy nghar ym maes parcio'r coleg, roedd hi wedi dechrau pigo bwrw. Wedi camu i'r Awdi dyma bwyso botwm y radio. Ar fwletin wyth adroddwyd am y newydd brawychus bod tri chant o filwyr lluoedd arfog America wedi cael eu lladd gan eithafwr Islamaidd yn gyrru llond lori o ffrwydron i bencadlys eu catrawd yn Nhwrci. Pwysais y botwm i newid tonfedd i orsaf glasurol. Vivaldi oedd y gerddoriaeth: *concerto* i'r ffliwt, Opws 10.

Wrth i olau coch y brêc a'r cyfeirydd fflachio yn y gwyll i gyfeiliant y Vivaldi gwaraidd, roeddwn i'n teimlo fel pe bawn mewn hysbyseb car. Diffoddais y radio'n llwyr ac ymbalfalu ymysg y domen o gryno-ddisgiau a thapiau o dan y llyw, a rhoi un o'm hoff dapiau jazz i ganu. Ychydig bach o John Coltrane. Llai esmwyth na Signor Vivaldi efallai, ond mi roedd o'n gweddu'n llawer gwell i'm hwyliau i.

Mae cerddoriaeth glasurol yn iawn, ond mae o'n tawelu'r meddwl yn ormodol i'm bryd i. Rhaid i mi gael rhywbeth sy'n fy mhrocio'n effro ac nid fy hudo i syrthni esmwyth. Nid un o'r puryddion wyf i sy'n troi trwyn ar be-bop neu'r stwff trydanol diweddarach. Mae unrhyw fath o jazz yn gwneud y tro – Thelonius Monk, Duke Ellington, neu hyd yn oed y Dyniadon Ynfyd Hirfelyn Tesog. Er hynny, tri chawr jazz i mi yw Charlie Parker, Miles Davis a John Coltrane.

"Y tri hyn, a'r mwyaf ohonynt..." – am heno o leiaf – oedd Coltrane.

Ac wrth droi llyw'r car tuag adref a gwrando ar ei sacsoffon yn sglefrio dros nodau cyfarwydd 'Greensleeves' dechreuodd olwynion y meddwl droi.

VI

Mae'n ddiwedd prynhawn Sul tawel a gwlyb yn y pentref. Eistedd yn dy gar yr wyt ti, yn gwylio'r trigolion yn mynd a dod. Penderfynaist barcio'r car ychydig oddi ar y sgwâr. Lle disylw ond lle da i gadw llygad ac aros dy gyfle.

Pwy, felly, sydd o gwmpas ar y prynhawn glawog yma ynghanol gaeaf?

Does fawr o neb am fentro allan ar brynhawn mor wlyb a drycinog. Mae'r glaw'n syrthio'n un haen ddigalon ar hyd y sgwâr. Mae criw o blant ifanc wedi ymgasglu yn ôl eu harfer wrth ymyl yr arhosfan bysiau yn llochesu yno rhag y glaw. Yno y maen nhw, yn cicio eu sodlau, wedi diflasu'n llwyr ac yn diawlio eu bod wedi cael eu geni yn y fath dwll o le.

Dacw Wil Pentir, yn cerdded yn benderfynol â'i wynt yn ei ddwrn am y siop bapur newydd. Mi brynodd o gerdyn crafu loteri yn siop bapur y pentref echdoe, ond mi anghofiodd grafu'r peth tan neithiwr. A rŵan mae o'n meddwl ei fod o wedi ennill hanner can punt. Er ei fod wedi gwario dros fil o bunnoedd ar docynnau a chardiau crafu yn y pum mlynedd diwethaf, mae o'n argyhoeddedig fod ei lwc o wedi dechrau troi o'r diwedd.

Dacw griw o selogion y dafarn, yn hel eu traed drwy'r niwl a'r glaw i wylio gêm bêl-droed arall ar Sky Sports. Yn barod am noson galed o bwyso wrth y bar, slotian lagyr, a chnoi creision gan syllu'n ddefosiynol ar y teledu lloeren.

Ochr arall y sgwâr mae'r capel Methodist.

Mi wyt ti'n edrych draw ac yn gweld golau yn y lobi. Mae'r gofalwr eisoes wedi cyrraedd i wneud yn siŵr fod y gwres yn gweithio, gan fod oedfa'r hwyr yn cychwyn mewn awr. Wrth edrych draw ar addoldy Bethel mae'n rhaid i ti gyfaddef ei bod hi'n oer yn y car a bod y golau cynnes sy'n disgleirio yn ffenestr y capel yn dy ddenu. Wyt ti'n cael dy demtio i roi'r gorau i dy gynlluniau a throi eto am y cwrdd? Byddai mynd yno fel mynd adref i ti, ac mi fyddet yn cael croeso mawr – y mab afradlon yn dychwelyd i gôl y ffydd. Os wyt ti'n meddwl hynny, mi wyt ti'n darbwyllo dy hun yn gyflym mai ffansi'r funud ydyw, ac yn bwrw ochenaid am fod mor wamal. Fe wyddost fod y gwir yn llawer llai rhamantus. Pwy fyddai yno? Cynulleidfa o lond dwrn o ffyddloniaid. Blaenoriaid cysetlyd a gweinidog diniwed yn syml bregethu am ryw ffydd feddal, blentynnaidd lle mae Duw fel Siôn Corn, a'r seintiau a'r angylion fel tylwyth teg. Mae dy ffydd di'n galetach peth, ac mae gen ti dy waith i'w gyflawni.

Mi wyt ti'n troi dy sylw at yr eglwys ar ben pella'r sgwâr.

Fisoedd yn ôl bu ffrae nodweddiadol ymysg Cymry cecrus y plwyf ynghylch pwy oedd â'r hawl i ymdeithio ar hyd llwybr troed heibio'r eglwys. Croesai'r llwybr dir ffermwr blin a chwynodd y pentrefwyr am gachu'r defaid. Cwynodd y ffermwr am lanast sbwriel y cerddwyr a chwynodd y cerddwyr am arfer y ffermwr o roi tarw yn y cae er mwyn eu hatal rhag cerdded yn hwylus dros y tir. Setlwyd y mater, serch hynny, pan laddodd y ffermwr ei hun mewn pwl o iselder yn sgil cwymp ym mhris cig oen, a chaewyd yr eglwys oherwydd prinder addolwyr.

Erbyn i ti gyrraedd y pentref ar y noson hon yn Rhagfyr nid eglwys yw'r lle. Bellach, mae'n gartref i'r Betabuys Bargain Crypt. Oherwydd pan werthwyd yr eglwys gwelodd Daniel Dean, *entrepreneur* o ogledd-orllewin Lloegr, ei gyfle.

Tra oedd y Cymry lleol yn heidio ar hyd yr A55 i siopa yng Nghaer, yr oedd Daniel Dean a'i dylwyth yn gwibio ar hyd yr un lôn gyflym i'r cyfeiriad arall.

Gwnaeth Dan Dean geiniog sydyn wrth godi fflatiau ar y cyd gyda'r Cyngor lleol er mwyn i anialwch dynol ffoaduriaid Lerpwl allu dianc i gefn gwlad. Felly, gyda'i gyfoeth newydd, prynwyd y cwbl lot o'r tiroedd cynhennus gan y Sais. Aeth hwnnw ati'n syth bin i wahardd y trigolion lleol rhag tramwyo'r llwybr. Cododd arwydd anferth yn datgan *'Trespassers will be prosecuted and severely mauled by my Rottweilers'*. Ategwyd y datganiad wrth iddo adael ei dri chi cynddeiriog yn rhydd ar hyd y llwybr bob gyda'r nos. Cyhuddwyd y Sais o fod yn afresymol, ond atebwyd hynny ganddo yntau drwy alw'r brodorion yn gul a hiliol, a bod angen iddynt edrych ar y sefyllfa'n wrthrychol yn hytrach nag o'r galon.

(Rhagrith oedd hynny, wrth gwrs, gan i'r cyfaill o Flacbyrn, a fu'n fflyrtian gyda'r BNP cyn dod i Ynys Môn i ddianc rhag y Blacs a'r Pacis, fynnu chwifio Jac yr Undeb uwchben hen borth yr eglwys.)

Am y rhesymau hyn, nid oes neb ac eithrio cyfeillion mynwesol y Sais yn cael rhodio ar hyd y llwybr. Mae croeso i bawb fynychu'r eglwys, nid i ddweud pader na chanu emynau, ond i wario ar eitemau plastig a dillad rhad sy'n gorlenwi'r Betabuys Bargain Crypt.

Yno, wrth hen ddrws pren yr eglwys, yn rhynnu yn y glaw oer, y mae ffigwr trist yr olwg wedi'i wisgo mewn siwt mwnci. Alun Tŷ Canol sydd yno, yn dosbarthu taflenni hysbysrwydd i'r crypt-fargeinion: *'You'll never be seen dead in our bargain crypt'*.

Mae rhai pobl wedi'u geni i fod yn llawfeddygon, eraill

yn artistiaid a llenorion o fri, gweithwyr dyngarol a darlithwyr prifysgol. Rôl Alun mewn bywyd oedd gwisgo siwt mwnci a cherdded o gwmpas sgwâr y pentref yn dosbarthu taflenni *'Monkey Business'*. Dyna ni, fedrith o mo'i chael hi bob ffordd. Chei di ddim bod yn rebel yn yr ysgol gan falu awyr a phiffian yng nghefn y dosbarth a rhoi amser uffernol i'r athrawon a disgwyl cael job yn rhedeg y Ritz. Ystyriai Alun ei hun yn dipyn o rebel erioed, ond unwaith y dechreuodd wisgo'r siwt mwnci fe'i dofwyd. Bellach, mae disgwyl i Alun, fel gweddill y pentrefwyr sy'n cael eu cyflogi'n rhad gan Dan Dean, ddiolch o waelod calon iddo am roi swyddi ceiniog a dimai iddyn nhw.

Mi wyt ti'n aros nes bod Alun wedi mynd adref, yna ymhen munud neu ddau daw Daniel Dean allan o'r eglwys gyda'i gŵn Rottweiler – Himmler a Heydrich. Mae'r Sais yn mynd draw at y glwyd haearn ac yn ei hagor er mwyn rhyddhau'r ddau fwystfil i'r cae.

Wil Pentir, y capelwyr selog, rafins y dafarn, plant y lle bysiau, Alun Tŷ Canol – dy bobl di ydyn nhw. Disgynyddion pendefigion a thywysogion. Y nhw yw eneidiau diamddiffyn dy gornel di o'r ddaear. Dy gyfrifoldeb di yw achub eu cam a gweinyddu cyfiawnder ar eu rhan.

Ac yn awr daeth yr amser i symud.

VII

Ches i fawr o gwsg y noson honno. Berwai fy mhen gyda digwyddiadau'r dydd. Roedd manylion llof-ruddiaethau, gwleidyddiaeth fewnol y coleg, traethodau myfyrwyr ar seicoleg wybyddol a newyddion gwaedlyd y rhyfela a'r terfysg yn un cawdel anhrefnus yn fy mhen.

Ar ôl dwy awr anghyfforddus o droi a throsi codais ar fy eistedd yn y gwely ac edrych ar Rhiannon yn cysgu'n drwm wrth fy ymyl. Gwallt du bellach wedi'i dorri'n gwta, trwyn smwt, llygaid llwydlas deallus, a chorff main a thal. Nid hogan ddel yn yr ystyr glasurol oedd hi, ond roedd yna rywbeth trawiadol ac apelgar amdani i mi. Hyd yma roedd ein partneriaeth wedi gweithio – cytunodd y ddau ohonom i roi cymaint o ryddid â phosib i'n gilydd, ond yr hyn a gadwai ein perthynas i fynd oedd ein bod ni hefyd yn rhannu'r un ffordd o feddwl a'r un agwedd tuag at y byd.

Hon oedd yr ail briodas iddi hi. Rhiannon adawodd ei gŵr. Hi fagodd ddigon o blwc i wneud hynny. Ni fyddwn wedi gallu gwneud yr hyn wnaeth hi. Ni fyddwn i wedi bod yn ddigon dewr i ollwng perthynas hir fel yna. Rwy'n ddyn sy'n rhy set yn fy ffordd, ac rwy'n dal i fod felly – cymaint felly nes rhyfeddu o dro i dro ei bod hi'n dal i fod gyda mi ar ôl tair blynedd ar ddeg.

Cynhyrchydd teledu oedd ei gŵr cyntaf, Eilian Arfon. Ar gychwyn S4C ef oedd yn gyfrifol am raglenni crefyddol yn olrhain hynt Teithiau'r Apostolion a phethau felly. Wedyn, symudodd i gynhyrchu rhaglenni sioeau mawr y sianel, megis *Cân i Gymru* ac *Eisteddfod yr Urdd*.

Adlewyrchwyd y symudiad proffesiynol yma gan symudiad cyffelyb ym muchedd ei fywyd personol, ac yn y diwedd cafodd Rhiannon lond bol ar ei fercheta a'i ragrith crefyddol, ac un noson heliodd ei phethau a'i adael.

Roedd yna ryw chwe blynedd o fwlch oedran rhyngom. Haerai hithau ei bod yn fy nghofio yn gwneud ymchwil pan oedd hi'n cychwyn yn y coleg. Nid wyf i'n cofio ei gweld bryd hynny – yn sicr, doedd hi ddim yn troi yn yr un criw â mi. Er ein bod ni'n mynychu'r un cyfarfodydd undeb a ralïau iaith, rafins diffaith oeddem ni iddi hi a chriw ei Duw. Pylu wnaeth fy hoffter i o'r cwrw melyn bach a phylu hefyd wnaeth tanbeidrwydd ei chrefydd hithau, a rhai blynydd-oedd wedyn, mewn noson yng Nghlwb Ifor Bach adeg rhyw gêm rygbi hollbwysig, dechreuodd y ddau ohonom siarad a chael ein bod ni'n rhannu'r un synnwyr digrifwch. I dorri stori hir yn fyr, fe aeth pethau o well i wych.

Ymhen dwy flynedd ar ôl iddi adael ei gŵr roeddem wedi prynu Rhyd Myddfai yn Nyffryn Tywi. Syndod pleserus i mi, felly, fel rhywun oedd wedi dechrau dygymod â bywyd dibriod, oedd darganfod fy hun yn magu teulu.

A minnau'n tynnu am yr hanner cant gallwn edrych yn ôl dros fy mywyd a gweld fy mod wedi gwneud yn iawn. Roedd gen i fywyd teuluol da, roedd fy mywyd cymdeith-asol yn llawn ac roeddwn wedi gwneud yn o lew yn fy ngyrfa. Nid bod fy ngyrfa wedi bod yn llwyddiant ysgubol, ond roedd ymhell o fod yn fethiant. Swydd saff fel darlithydd, digon o amser hamdden i wneud ymchwil a chydweithio bob hyn a hyn gyda chyrff allanol fel yr heddlu neu'r gwasanaeth prawf. Ni fyddwn fyth yn bennaeth adran neu'n ddeon cyfadran, ond efallai y gallwn adael fy ôl fan hyn a fan draw a chadw'r blaidd o'r drws ar yr un pryd.

Eto i gyd, roedd rhywbeth yn pwyso ar fy meddwl. Efallai mai achos y llofruddiaethau oedd yn fy mhoeni.

Efallai.

Ond hwyrach mai'r hyn oedd yn rhoi nosweithiau di-gwsg i mi, mewn gwirionedd, oedd rhyw deimlad annelwig wrth i mi symud ymlaen drwy fywyd fy mod i wedi colli rhywbeth ar y ffordd.

Ers misoedd bellach roeddwn wedi cael breuddwydion tywyll am gŵn du yn rhedeg ar fy ôl i fyny allt serth. Ar ddiwedd y freuddwyd byddwn yn deffro'n sydyn cyn i'r cŵn fy llarpio a rhyw deimlad o farwoldeb yn dynn ar fy sodlau.

Roedd yn mynd yn hwyr yn y dydd i mi adael unrhyw farc ar yr hen fyd yma. Beth oedd gen i i ddangos am fy nhipyn bywyd? Teulu dedwydd a gyrfa ddiddrwg didda.

Efallai mai fy ngwir resymau dros dderbyn cynnig Brynmor oedd nad oeddwn yn un i dorri cnau gweigion, a bod gen i un llygad ar adfer gyrfa broffesiynol wrth benderfynu cymryd y gwaith. Er nad oeddwn yn siŵr o'i hymateb, deuthum i'r casgliad, hefyd, na fyddwn yn cuddio'r ffaith oddi wrth Rhiannon fy mod wedi dechrau gweithio gyda'r heddlu eto.

Gyda'r meddwl yn troelli fel hyn doedd dim gobaith mul i mi gysgu, felly waeth i mi weithio. Codais o'r gwely, rhoi'r cwrlid yn ôl dros Rhiannon ac anelu am y gegin i lenwi'r tegell, a gwneud paned o goffi cryf. Gyda'm coffi yn fy llaw cerddais draw i'm dinas noddfa – y stydi.

Y tu allan, roedd y glaw cenllysg yn cernodio yn erbyn cwareli'r ffenestr a'r gwynt yn fflangellu llwyni'r ardd ac yn stumio'r canghennau'n gysgodion ellyllon ac ysbrydion y fall ar hyd llenni'r stydi.

Rhoddais glustffonau ar fy mhen a llwytho disg gan Miles Davis yn y chwaraewr cryno-ddisgiau. *In a Silent Way* oedd fy hoff record o'r holl gasgliad. Yn ddi-ffael byddai'n tawelu f'ysbryd waeth beth fyddai'r amgylch-iadau. Wrth i nodau cyntaf 'y ffordd dawel' gychwyn euthum i geisio ymrafael eto gyda dirgelwch y Dialydd.

Mae'r math yma o waith fel archeoleg y natur ddynol i mi. Tyrchu i lawr drwy'r haenau o blisgyn allanol a chloddio at waelod ein natur ddrwg, a datgelu'r bwystfil yn enaid y dyn. Y cyfan er mwyn atal y troseddwr rhag gwneud mwy o ddifrod i'r diniwed.

Efallai ei fod yn swnio'n rhy syml, ond fyth ers i mi ddechrau ymhél â'r math yma o waith, rwyf wedi meddwl amdano fel brwydr rhwng drwg a da. I'r perwyl hwnnw, ar y wal uwchben fy nesg, roeddwn wedi fframio geiriau Carl Jung: 'Cyn belled ag y gallwn ei ganfod, unig bwrpas bodolaeth dynolryw yw cynnau goleuni ystyr yn nhywyllwch bod'. Ein gwaith ni yw lledaenu'r da cymaint ag y gallwn, ac er mor anodd yw hynny, rwy'n argyhoeddedig fod y da yn llwyddo yn y diwedd.

Ond wedyn, beth yn union yw 'da'? Efallai mai doethach fyddai cau'r drws ar y cwestiwn yna rhag ofn diffodd fflam egwan 'goleuni ystyr'.

Dyddiau cynnar oedd hi o ran dadansoddi cymhellion, ond roedd rhai cwestiynau eisoes yn amlwg.

Roedd yn glir fod yno elfen wleidyddol i'r troseddau – rhyw ddial ar y gwrth-Gymreig am eu pechodau honedig. Er hynny, nid oedd y Dialydd wedi gadael unrhyw neges boliticaidd ar ei ôl – dim ond dyfyniadau llenyddol. Cymhelliad gwleidyddol neu salwch meddwl – neu'r ddau – nid rhywun prin o hyder oedd y llofrudd. Yn sicr, roedd yn gosod ei hun ar lefel uwch na phawb arall. Efallai ei fod yn gweld ei hun fel dialydd cyfiawn dros y genedl. Yn credu mai ef yn unig sydd â'r feddyginiaeth i iacháu cymdeithas. Yn gweld ei hun fel 'Angel Cyfiawnder' yn gweinyddu barn ar bechaduriaid gwael y llawr.

Angel seicopathig.

Un felly oedd y Dialydd.

VIII

AC YN HYNNY GUAN Y DAN Y MEIRYCH, A
THORRI Y GUEFLEU WRTH Y DANNED UDUNT,
A'R CLUSTEU WRTH Y PENNEU, A'R RAWN WRTH Y
KEUYN, AC NY CAEI GRAF AR YR AMRANNEU, EU
LLAD WRTH YR ASCWRN.

Mae dy gerddediad yn sydyn a phenderfynol wrth i ti frasgamu draw tuag at ogof lladron eglwys y Bargain Crypt.

Chwipia'r glaw dy wyneb wrth i ti nesáu at yr hen eglwys ac rwyt ti'n tynnu'r het yn is dros dy lygaid, ac yn cau botwm uchaf dy glogyn du.

Mae'r Bonwr Dean yn dy weld ac yn oedi cyn cloi'r drysau – efallai ei fod yn synhwyro cyfle i wneud ceiniog sydyn cyn cau'r siop am y nos.

"'Allo mate. Anything I can do?"

Mi wyt ti'n edrych arno dan gysgod dy het lydan ac yn ateb yr estron gan ddweud dy fod yn chwilio am anrheg Nadolig. Mae yntau'n estyn gwahoddiad i ti i'w balas bargeinion, gan dy rybuddio y bydd yn rhaid i ti fod yn sydyn gan ei fod am fynd adref am ei swper at ei "lady wife".

Wrth dy arwain i lawr y grisiau, mi wyt ti'n edrych o gwmpas ar y rhesi o nwyddau rhad. Coed Dolig a thinsel rhad, doliau a theganau plastig o'r Dwyrain Pell, pob un ar werth am bunt. Dillad a sgidiau eilradd eu safon o ffatrïoedd y stryd yn India, gyda labeli enwog brandiau rhyngwladol Nike, Levi's, Adidas a Lacoste wedi'u gwnïo'n gelfydd dros y dillad.

Yn ôl ei arfer mae Dan Dean yn rhoi'r byd yn ei le wrth i ti bori ymysg y trysorau. Dwyt ti ddim yn gwrando arno mewn gwirionedd, mae dy feddwl eisoes yn ymbaratoi ar gyfer yr hyn y mae'n ofynnol i ti ei wneud. Nid oes dim y gall yr erthyl yma o ddyn ei ddweud i newid y ddedfryd. Y mae'n euog, a dy ddyletswydd di yw gweinyddu cyfiawnder hen.

"You from 'ere?... No, didn't think so, you look more refined... South Wales is it? Pretty weird lot some of these people... nothing against the Welsh per se mind you, but these northern blokes are pretty primitive..."

Mi wyt yn ymbalfalu o dan dy gôt hir am y gyllell ac yn ei thynnu o'r wain. Cyllell Bowie gyda charn cywrain, a llafn hir sydd bron ag edrych fel cleddyf. Arf hardd, wedi'i glanhau nes y medri di weld dy lygaid clir a'th wefusau tenau yn sglein golau arian y llafn. Yn yr eiliadau hynny, gyda'r gyllell yn dy law, mi wyt ti'n teimlo'n gryf, yn rymus. Mi wyt ti'n teimlo ei bod hi'n bosib newid y byd gydag un symudiad chwim. Un cam ymlaen, dy law wedi cau yn ddwrn. Gyda'r gyllell yn dynn yn dy ddwrn, ti yw canol y byd. Ti yw'r un sy'n rhoi ystyr, ac yn dwyn goleuni.

Sawl awr wnest ti ei threulio gartref yn rhoi min ar y gyllell? Mi wnest ti benderfynu cario'r gyllell gyda ti i bob man – rhag ofn. Felly, mi oedd angen gwain arnat i'w chuddio. Wedyn, mi est ati i wnïo darnau o ledr at ei gilydd gyda chordyn neilon, a'i chlymu wrth dy gorff er mwyn i ti symud yn rhydd. Am oriau mi fuest ti'n ymarfer tynnu'r gyllell o'r wain, ac yna slaesu, torri a gwthio'r llafn i wanu perfedd dy elynion. Yn gynt ac yn gynt, ymarfer nes fod dy freichiau'n blino a'th ysgwyddau'n gwingo.

"You lot from South Wales are more like us, I suppose. I had a cousin who lived in Swansea... didn't last long there mind... the way they speak the language is so peculiar it sounds like Arabic..."

Nid chwarae bach oedd dod o hyd i'r gyllell iawn. Mae cymaint o ddewis. Cyllyll naddu, cyllyll cerfio, cyllyll i wahanu'r cig o'r esgyrn. Ac yna'r carn. Carn plastig, carn dur, carn pren. Cyllyll wedi'u gwarantu am oes. Blociau cyllyll gyda hogwyr llafn yn gynwysedig. Fideo i ddangos i chi sut i dorri'r cig. Ffeiriau arddangos. Ar archeb drwy'r post. Ffoniwch y rhif arbennig. Rwyt ti wedi byseddu degau ohonyn nhw cyn penderfynu ar yr arf iawn. Cyllell – arf cyntaf gwareiddiad. Dros ddwy filiwn o flynyddoedd yn ôl fe ddefnyddiwyd y gyllell gyntaf. Hynafol ac ysbrydol. A nawr rwyt ti'n barod i'w defnyddio. Yn gyfrwng i ti weinyddu dy gyfiawnder.

"Those Arabs, eh? Talk about animals... met some of them when I was in the army in Aden... smelt of camels' piss all the time... I mean, we're obviously more civilised than they are... I don't see why we shouldn't just nuke the bastards... that would show them not to mess with Western Civilisation! Eh?"

Mae'r Sais yn camu draw ac mi wyt ti'n teimlo ei anadl ddrwg ar dy wyneb. Drewdod sigaréts a chwisgi.

Gan nad wyt yn ymateb fawr ddim i'w frefu, efallai iddo synhwyro dy fod ar berwyl annymunol. Yn raddol mae ei hwyliau'n newid, ac nid yw mor groesawgar bellach.

"Oi maytey, are you wastin' my time? I've had enough of you pokin' about in them ladies' lingerie. If you don't want to buy anything I think it's time you left..."

Dyna eiriau olaf y cyfaill, oherwydd cyn iddo gael cyfle i yngan yr un rheg arall mi wyt wedi gafael ynddo gerfydd ei wddf ac wedi tynnu'r gyllell mewn un llinell syth trwy'i gorn gwynt.

Er gwaethaf ei honiadau o yrfa filwrol nid yw'n gallu ymateb yn ddigon sydyn. Ac mae ei waed yn chwistrellu'n ffrwd goch dros y crysau-T Coca Cola rhad.

Nid wyt wedi gorffen gyda'r truan, serch hynny – mae'n rhaid i ti blannu'r gyllell ynddo dro ar ôl tro. Slaesu, torri a gwthio'r llafn i wanu perfedd dy wrthwynebydd. Cerfio gwaedlyd a gadael dy nod ar gorff y gelyn. Hen ddial yw hyn.

Wyt ti'n colli ar dy hun y tro hwn? Ai gwaith oeraidd yw lladd y masnachwr diddim yma, neu wyt ti'n mwynhau gorffwylledd heintus y torri a'r cerfio?

Daw'r orchwyl i ben. Mi wyt ti'n archwilio dy glogyn hir i weld faint o ddafnau gwaed y dyn sydd wedi ei ystaenio. Mi wyt ti'n hoff o'r fantell dywyll ac mi fyddai'n drueni pe bai angau'r cyfalafwr bach wedi'i difetha.

Gyda rhyddhad mi wyt ti'n gweld nad oes gormod o gochni ar y defnydd du. Mi wyt ti'n sychu'r gyllell mewn crys-T Disneyland, yn gosod yr amlen yn gymen ar y fan lle bu'r allor gynt, cyn camu dros gorff marw Daniel Dean a dringo'r grisiau carreg allan i'r gwynt a'r glaw.

IX

Profiad lloerig yw amser brecwast yn ein tŷ ni ar y gorau. Y fi'n gweiddi ar y plant, Rhiannon yn gweiddi arnaf i, a'r plant yn gweiddi ar ei gilydd! Ac yn gyfeiliant i orymdaith o oedolion a phlant i'r ystafell ymolchi y mae sŵn newyddion gwâr *Today* ar Radio 4 a chartŵns sgrechlyd Americanaidd y plant ar y teledu.

Nid oedd dim anarferol yn nigwyddiadau'r bore bach hwnnw. Ar y radio roedd America'n addo dial llym am yr ymosodiad ciaidd ar ei milwyr yn Nhwrci ddoe, ac roedd Sgwbi Dŵ wedi llwyddo i ddatrys dirgelwch Ynys y Sombis.

"Oes gen ti newydd?" holais Rhiannon dros frecwast. "Sut aeth cyfarfod y Gymdeithas Rieni pnawn ddoe?"

Fel y rhan fwyaf o ddynion, rwy'n fwy na bodlon gadael i'r merched redeg ein cymdeithasau a'n cymunedau. Rhiannon oedd yn mynychu cyfarfodydd rhieni, ymgyrchoedd codi arian Oxfam, dosbarthiadau'r Ysgol Sul, a chymdeithasau diwylliannol; fy nghyfraniad i oedd mynd am beint bob nos Fercher, dangos wyneb yn y capel bob hyn a hyn a mynychu cyngerdd Nadolig yr ysgol.

"Mi fuodd 'na firi yn yr ysgol prynhawn ddoe."

"Dowch at y bwrdd i gael brecwast! Be oedd, felly? Athrawon yn gofyn am yr hawl i gario gwn i gadw'r disgyblion mewn trefn?"

"Rhiant yn cwyno am iaith un o'r athrawon wrth roi manylion y daith ysgol i Sŵ Bryste."

"Pam?"

"Cyhuddo'r athro o regi o flaen y plant."

"Be ddeudodd o?"

"Pawb i ddod â phecyn bwyd."

"Be!?"

"Deud o'n aml a chyflym ac mi weli di o'n ddigon sydyn."

"Pecyn, phecyn, phecyn bwyd. Wela i. Ew, pa obaith sy 'na i'r hen blantos os yw 'u rhieni mor ddeallus? Pasia'r llefrith, os gweli'n dda."

"Dad, be ydi 'phecyn'? Gair drwg ydi o, Dad? Wyt ti'n cael deud y gair 'na?"

"Ia, Elin, gair uffernol o ddrwg."

"Helô, oes 'na rywun isio estyn llefrith i mi plîs?"

"Nac wyt, dwyt ti ddim yn cael blwmin defnyddio'r gair yna!"

"Llaeth. Llefrith. *Milk*. *Au lait*, *Milchen* buwchen ffor mei fflêcs *s'il vous plaît, por favor*!!"

"Dal dy ddŵr, Rhys."

"Na, Dad – dal dy lefrith. Diolch, Mam!"

"Ew, mi 'dach chi'n deulu clyfar. Mae'n dda eich bod chi'n gwneud ieithoedd modern yn yr ysgol."

Roeddwn wedi trefnu i gyfarfod â Brynmor dros ginio, felly, ar ôl cynnal sawl seminar drwy'r bore, anelais am y Ceffyl Gwyn erbyn hanner dydd.

Cyrhaeddodd Brynmor y dafarn o'm blaen ac roedd eisoes yn eistedd ar stôl wrth y bar, yn yfed peint o gwrw ac yn siarad gyda myfyrwraig. Codais fy llaw i'w gyfarch a mynd draw ato.

"Rwy wedi ordro bwyd yn barod. Be ti moyn?"

"Ty'd â siandi lager i mi, a lasagne llysieuol."

"Dere, ewn ni draw i eistedd fan'co yn y snyg – fe gewn ni fwy o lonydd wedyn."

Cododd Brynmor o'i stôl, rhoi winc i'r fyfyrwraig a mynd draw at gornel dywyllaf y dafarn.

"Wyddwn i ddim dy fod ti'n nabod y myfyrwyr yma?"

"Mae Alwen y ferch yn stiwdant yn Aber, un o'i ffrindiau ysgol hi oedd honna. Yffach, mae hi'n job ei chadw hi'n y coleg. Rhwng hynny a'r blydi ysgariad 'ma dw i jyst â mynd off 'y mhen, Mathew bach. Mi fydda i'n fethdalwr cyn troi'r hanner cant, gei di weld."

"Be mae Alwen yn ei astudio?"

"Cwrs astudiaethau ffilm, teledu a'r cyfryngau. Dim ond jobs fel 'ny mae'r pethe ifanc 'ma moyn dyddie 'ma."

Roeddwn i'n ymwybodol o hynny fy hun. Mynd i lawr oedd rhifau myfyrwyr ar gyrsiau traddodiadol fel Cymraeg, Hanes a Saesneg; cynyddu oedd niferoedd pynciau niwlog fel Ffilm, Teledu a Fideo, Astudiaethau Menter a Busnes, Cymru Gyfoes neu gyrsiau cyfrifiadurol. Yn wir, roedd Garmon Elfyn, ein hybarch Is-brifathro, wedi targedu delwedd y coleg i'r cyfeiriad yma er mwyn denu mwy o fyfyrwyr o bob safon i'r coleg. Moderneiddio oedd ei enw ar y broses; twpeiddio – os mai dyna'r term cywir am *dumbing down* yn Gymraeg – oedd enw rhai darlithwyr sur ar y peth.

Roeddwn yn cyfrif fy hun yn ffodus fod pwnc fel Seicoleg rywle yn y canol rhwng y ddau begwn academaidd. Cadw fy mhen i lawr a gobeithio'r gorau oedd fy agwedd i. Crafu weithiau os oedd raid, ond ceisiwn osgoi gwneud gormod o hynny.

"Wyt ti'n gweld Garmon weithiau?"

Un o'n cyfoedion prifysgol oedd Garmon, Is-brifathro'r Coleg a Deon Cyfadran. Yn wir, roedd yn un o fwrdd golygyddol tanbaid cylchgrawn *Y Pair Dadeni* ar y pryd – ond erbyn hyn nid oedd yn dewis fy arddel ar bob achlysur.

"O mi fydda i'n ei weld o weithiau ar y coridor neu mewn nosweithiau swyddogol, ond does dim llawer o Gymraeg rhyngom ni erbyn hyn. Un oriog ydio bellach. Mae ei fryd ar gyrraedd yr uchelfannau. Wythnos diwethaf mi welais i o y tu allan i swyddfa'r Deon, ac wrth i mi fynd heibio dyma fi'n ei gyfarch – ond be wnaeth Garmon oedd fy anwybyddu'n llwyr a throi i siarad gyda phennaeth yr adran Astudiaethau Hamdden, Arlwyo a Sgio Dŵr."

Un nod ac amcan fu gan Garmon ers graddio, a chysegrodd ei fywyd er mwyn cyflawni'r nod hwnnw, sef dod yn brifathro prifysgol. Mae rhai pobl yn cysegru eu bywydau i greu campwaith celfyddydol anfarwol. Dyna i chi James Joyce ac *Ulysses*, Michelangelo a nenfwd y Capel Sistinaidd, Dafydd ap Gwilym a'i gywyddau cyfoethog; pinacl celfyddyd Garmon fydd dyrchafu ei hun yn brifathro ym Mhrifysgol Cymru. Cyfanswm ei gynnyrch academaidd hyd yma oedd nofel symol, ac ymchwil MA cloff ar 'Emynyddiaeth yr Ugeinfed Ganrif'. Llwyddodd i orseddu ei hun yn ddirprwy brifathro trwy grafu a llyfu yn y mannau cywir, a'r si bellach oedd ei fod am ad-drefnu'r gyfadran a phenodi ei ddynion ei hun i swyddi o bwys.

"Yffach, mae e wedi newid 'te. Ti'n cofio fe'n ysgrifennu'r erthygl 'na yn *Y Pair* yn ymosod ar barchusrwydd ac yn gweud bod angen i ni Gymry dosbarth canol – wel, chi Gymry dosbarth canol, un o'r werin o'n i – bod angen i chi fod yn llawer mwy eithafol yn eich gwleidyddiaeth. Fe oedd y mwya bolshi ohonon ni 'radeg 'ny…"

"Ryn ni i gyd i'n newid, Brynmor," atebais, "ond doedd Garmon ddim mor wirion â hynny. Dw i'n cofio fo'n diflannu ar noson rhyw brotest meddiannu mast teledu neu rywbeth gan wneud esgus fod ei nain yn sâl."

Chwarddodd Brynmor.

"Anghofies i 'ny, ond do'n i ddim gyda chi ar y pethe torri'r gyfreth. Creu mwy o deimlade drwg mae pethach fel 'na. Gwynfor oedd y boi i fi."

"Ia, dw i'n cofio'r dadleuon! Hir!"

"A meddw!"

Gwynfor oedd arwr Brynmor ac roedd ei erthyglau yn *Y Pair Dadeni* bob tro yn llwyddo i ganmol cyn-Aelod Seneddol Caerfyrddin i'r cymylau.

Rhyw gylchgrawn digon anhrefnus oedd *Y Pair*, wedi'i deipio'n frysiog ar dair tudalen A4 a'i gynhyrchu ar beiriant dyblygu mewn inc blêr. Pump ohonom oedd wrthi'n golygu, a Garmon, Brynmor a minnau yn eu plith – ond roedd croeso i unrhyw un gyfrannu ato a dilyn eu trywydd eu hunain. Yr unig amod oedd bod natur yr erthyglau'n driw i'r ysbryd o frwydro, yng ngeiriau *naive* yr is-deitl: 'Dros Ryddid, Cyfiawnder a Heddwch'. Cyfle oedd *Y Pair* i ni ddangos pa mor glyfar, radical a ffraeth oeddem, a thueddiad pawb oedd ysgrifennu am eu harwyr. Brynmor am Gwynfor Evans, Martin Luther King a'r dull di-drais, Garmon am Sosialaeth a chenedl-aetholdeb James Connolly, a minnau am ffigurau arwrol y Trydydd Byd fel Che Guevara a Patrice Lumumba.

Byddem yn dosbarthu'r *Pair Dadeni* am ddim i bawb yn y dafarn a'r neuaddau preswyl. Er bod y rhan fwyaf o gopïau yn diweddu fel awyrennau papur ar ddiwedd y noson, roedd y cyfnod yn un cyffrous a difyr. Ar adegau, roeddem yn agosach at ein gilydd na llawer teulu. Rhywsut fe lwyddon ni i gynhyrchu saith rhifyn o'r *Pair* cyn i bethau fynd i'r gwellt. Am resymau sentimental cedwais y rhifyn cyntaf ac olaf yn yr atig gartref, er nad oeddwn wedi taro golwg arnynt ers tro byd.

Pylu wnaeth fy niddordebau gwleidyddol innau hefyd, ac erbyn hyn rhoi fôt i'r *Party of Wales* a gobeithio'r gorau yw hyd a lled fy nghyfraniad politicaidd.

Ar ôl cinio cynigiodd Brynmor ein bod yn mynd am

sbin a sgwrs yn y car. Roeddwn i wedi amau wrth i ni fwyta bod rhywbeth yn pwyso ar ei feddwl, ac wedi i ni eistedd yn y car ni fu'n rhaid i mi aros yn hir. Cychwynnodd Brynmor yr injan a dweud: "Mae e wedi taro eto. Allen i ddim gweud wrthot ti miwn yn y dafarn – a do'n i ddim am sbwylo dy ginio."

Aeth yn ei flaen i roi manylion y drydedd lofruddiaeth.

Dyn busnes o Loegr o'r enw Daniel Dean wedi cael ei drywanu i farwolaeth. Achos y farwolaeth oedd toriad glân gan gyllell drwy'r aorta a'r beipen wddf. Ond wedyn roedd y llofrudd wedi mynd ati i ddifwyno'r corff mewn modd anifeilaidd. Ciaidd ond systematig yn ôl adroddiad yr archwiliad *post mortem*.

Nid oedd dim ffaith drawiadol na nodedig am Daniel Dean. Sais ydoedd. Gŵr busnes eithaf llewyrchus. Cadwyn o siopau bargeinion am bunt ar hyd yr arfordir. Aelod o sawl Siambr Fasnach ar Ynys Môn, yn ogystal â'r clwb hwylio lleol. Ar ei drydedd briodas gyda chwech o blant o'r priodasau hynny.

Yn yr hen eglwys oedd yn siop iddo canfuwyd amlen frown eto gyda dyfyniad o ail gainc y Mabinogi, lle'r adroddir am Efnisien – hanner brawd gorffwyll Branwen a Bendigeidfran – yn difwyno meirch Matholwch, brenin Iwerddon.

"Mi alwa i heibio'r fflat wedyn," ychwanegodd Brynmor. "Mae gyda fi ragor o ffeiliau am yr achosion i ti. Ti'n siŵr bod ti moyn cymryd y job?"

"Er cymaint rwy'n mwynhau sgwrsio efo chdi, fyddwn i ddim yma fel arall."

"Gwd 'achan."

Nid oedd y siwrne i gartref Brynmor yn hir iawn, rhyw chwarter awr ar draws y ddinas i'w fflat yn y Marina.

"Wel, be ti'n feddwl?"

"Mae o'n amlwg yn rhoi gwers lenyddiaeth i ni…"

"Ffasgydd yw e. Ffordd Ffasgaidd o feddwl sy 'da'r boi 'ma. Mae e'n credu bod gyda fe hawl i ladd y bobl yma jyst am ei fod e'n anghytuno gyda nhw…"

Roedd Brynmor eisoes yn bendant ei feddwl am y llofrudd.

"Ie, ella dy fod ti'n iawn, ond dw i ddim yn meddwl ei fod e'n gweld ei hun fel 'na."

"Dere miwn am funed, gawn ni sgwrs hirach tros ddishgled."

Dilynais ef i fyny'r grisiau i'w fflat. Newydd symud i mewn ers rhyw ddeufis yr oedd Brynmor, ac o farnu'r olwg oedd ar y lle roedd yn amlwg ei fod yn cael trafferth setlo i fywyd sengl eto ar ôl ei ysgariad. Edrychai tu mewn y fflat fel ystafell dyn nad oedd wedi arfer byw ar ei ben ei hun ers tro. Taflwyd ei ddillad rywsut rywsut dros y cadeiriau esmwyth, roedd sbarion cyri Taj Mahal neithiwr yn dal ar y plât ar fwrdd y gegin wrth ymyl y caniau Guinness gwag, ac roedd sdwmps ffags mewn cwpanau flith draphlith rownd y lle.

"Gwna dy hun yn gartrefol. Towla'r dillad ar lawr, does dim ots am rheina – dw i ishe mynd i'r londret fory ta beth."

Pwysodd Brynmor fotwm ei beiriant ateb a mynd i'r gegin i wneud paned.

"Dad, *any chance* am *sub* i fi am y *weekend*. Mae *gang* o ni moyn mynd i weld *Wales* yn y *Millennium Stadium*. Plîs, Dad. *Phone me back on my mobile. Ta*, Dad."

"Blydi hel. Mae'r ferch 'na'n gwmws fel ei mam – yn mynd trwy arian fel dŵr!"

Chwarddodd yr heddwas yn goeglyd.

"Ond o leia ma' hi'n cadw cysylltiad 'da fi."

"Cynddilig Ifans, *Evans, Parry and Lewis* sy 'ma. Tybed oes modd i chi alw heibio'r swyddfa rywbryd cyn diwedd yr wythnos. Mae ganddon ni rai dogfennau sydd angen i chi eu harwyddo ynghylch gwerthiant y tŷ a'r setliad gyda'ch cyn-wraig. Cysylltwch â mi cyn diwedd y dydd os oes modd. Diolch."

"Yffach, mae'r busnes ysgariad 'ma'n job ddiflas," ochneidiodd Brynmor gan gau drws y ffrij yn glep. "'Ni allaf ddianc rhag hon!' Be ti moyn – te neu goffi? O na, sori, dim ond coffi sy 'da fi. Llaeth a siwgr?"

"Un llwyaid. Iawn, diolch."

Dal i chwarae negeseuon oedd y peiriant.

"Brynmor? Mae'n mynd yn gyfyng arna i. Rwy'n brin o lyfra ac maen nhw'n gofyn am fwy. Oes gen ti fwy o gyfrola i'w rhannu?"

Llais dyn yn sibrwd yn isel oedd yno. Siaradai'n gyflym mewn acen ogleddol, ac oni bai am arddull lechwraidd y llais gallech feddwl ei fod yn holi am lyfrau ail law.

Brysiodd Brynmor o'r gegin a diffodd y peiriant, a gwenu'n ymddiheurol arnaf.

"Gwaith. Yndercyfyr contacts. Ti'n gwybod."

Ar y pryd rwy'n cofio sylwi bod yr acen a'r llais yn swnio'n rhy ddosbarth canol i fod yn ymhél ag isfyd troseddwyr. Nid llais rhywun oedd yn ymhél â chyffuriau oedd ar y neges ffôn. Ar y llaw arall, gwyddwn fod nifer go dda o'm myfyrwyr yn arbrofi gyda chyffuriau. Penderfynais mai fi oedd yn ddiniwed a rhagfarnllyd yn tybio mai pobl o un dosbarth yn unig oedd yn ymhél â phethau felly. Anghofiais am y peth a throi'n ôl at drafod y llofruddiaethau gyda Brynmor.

"Oes ots gyda ti os ga' i fwgyn?" gofynnodd gan estyn paced o sigarennau o boced ei siaced.

"Popeth yn iawn. Dos yn dy flaen."

"Ro'n i wedi rhoi'r gore iddyn nhw, ond ers busnes y blydi ysgariad a'r achos uffernol 'ma rwy wedi troi nôl at y smôcs."

Cyneuodd ei sigarét a thynnu arni'n drwm.

"'Na welliant!" meddai gan anadlu ton o fwg allan ar draws yr ystafell.

"O, anghofies i weud," ebe Brynmor, "mae'r arbenigwyr llawysgrifen wedi astudio'r nodiade adawodd y llofrudd ond dyn nhw ddim wedi dod i gasgliade pendant ar wahân i'r ffaith hollol blydi amlwg taw'r un boi oedd awdur y tri darn papur."

"Neu hogan."

"Ie, neu ferch."

Gofynnodd i mi wedyn am fy argraffiadau cyntaf o'r llofruddiaethau.

"Wel, ar yr olwg gyntaf, mae'ch damcaniaethau chi'n iawn. Cymro Cymraeg sydd isio dial ar bobol ddi-Gymraeg – dyna ydio ar yr wyneb o leiaf. Dyfalu ydw i cofia, ond mae o'n ffitio i deip o droseddwr treisiol. Felly, mi faswn i'n dyfalu hefyd nad ydi o'n seicotig, er nad ydio o reidrwydd yn normal chwaith. Mae o'n awchu am rym ac am ddominyddu'r dioddefwr."

"Beth am esgeulustod neu gam-drin pan oedd e'n blentyn?"

"Bosib, ond mae'n rhy gynnar i ddeud. Mae plentyndod anhapus yn bosibilrwydd cry' – dim cam-drin rhywiol, ond tad awdurdodol ella neu wedi bod mewn gofal neu efo rhieni maeth – rhywle lle gallai pobl mewn awdurdod drosto ei gam-drin. Curo a chosb corfforol ella. Hynny wedyn yn 'i wneud o i deimlo'n ddi-rym. Mi fydda' hynny'n esbonio pam 'i fod o'n lladd pobol sydd mewn safleoedd o ddylanwad, am fod hynny yn rhoi ymdeimlad o rym iddo fo drostyn nhw a thros 'i fywyd 'i hun."

Drachtiais ychydig o goffi sur cyn ychwanegu: "Mae'r teip yma'n dueddol o fod yn swil a distaw ac wedi tangyflawni yn 'u bywyd addysgol a'u gyrfaoedd personol

– a dyna pam y basa fo'n awchu am rym dros bobl eraill."

"Beth am oedran 'te? Oes gyda ti syniad am 'ny?"

"Wel, dw i ddim yn siŵr iawn. Mae'n rhy gynnar i fod yn bendant, ond mi faswn i'n deud – o weld y ffordd mae o wedi ymladd efo'r Sais yn yr eglwys ei fod yn ffit yn gorfforol – ugeiniau hwyr, tri degau cynnar."

"Ti'n neud yn dda," ebe Brynmor, gan sgriblan yn sydyn yn ei lyfr nodiadau. "Ro'n i'n gwbod 'mod i'n iawn i ofyn i ti am help. Cer mlân."

Rwy'n cofio meddwl ar y pryd fod Brynmor yn hael iawn ei ganmoliaeth i mi, gan nad oedd angen doethuriaeth mewn seicoleg i ddod i'r casgliadau yma; ond efallai bod Brynmor a'i dîm wedi bod yn rhy agos at y llofruddiaethau i allu camu'n ôl i weld y darlun yn glir.

"Mi faswn i'n deud fod ganddo fo ddeallusrwydd uwch na'r cyffredin, ond 'i fod o hefyd yn rhywun obsesiynol cymelliadol," ychwanegais.

"Beth yw 'ny i bobol fel fi?"

"*Obsessive compulsive*. Mae'n amlwg o'r nodiadau bach yma mae o'n 'u gadal ar ôl bod y Dialydd yma'n ceisio egluro ei gymhellion ac yn awyddus i esbonio'i hun. Mae o eisiau esbonio'i fod o'n dial, ond does dim ots ganddo am gyhoeddusrwydd. Y weithred o ddial a chosbi sy'n bwysig iddo fo."

"Fel rheol, os yw'r cyrff yn cael 'u gadal mewn lleoedd amlwg, cyhoeddus, mae'n bosib bod y llofrudd am herio'r gymuned neu am ddangos a dysgu gwers i'r gymdeithas, y gymdeithas sydd wedi gwrthod y llofrudd."

"Cymhelliad?"

"Dial ar y Saeson yma fel llen i guddio diffygion personoliaeth. Trosglwyddo dicter i darged gwahanol. Dadleoli. Mae hyn yn fwy cyffredin na'r disgwyl. Yn aml does gan y llofrudd mo'r nerf i ladd y rhai y maen nhw

wedi gwylltio hefo nhw, felly maen nhw'n lladd pobol
eraill sy'n ffocws i'w dicter nhw."

"Galwedigaeth 'te?"

"Academydd methiannus? Athro? Hunangyflogedig? Di-
waith? Gweinidog?"

"Bardd?"

"Efallai, ond petai o'n fardd rwy'n amau y byddai wedi
rhoi enghreifftiau i ni o'i awen farddol cyn hyn. Yn sicr,
mae o am i ni wybod ei fod yn artist. Y llofruddiaethau
yw ei grefftwaith."

Esboniais wrtho nad yw pobl fel y Dialydd yn lladd yn
fyrbwyll. Maen nhw'n meddwl yn hir a phwyllog am yr
hyn y maent yn ei wneud. Dyma'r peth pwysicaf yn eu
bywydau, dyma sy'n rhoi pwrpas a gwerth i'w bodolaeth,
ac maen nhw am ei wneud yn iawn. Weithiau maen nhw
am gael eu dal, gan y bydd hynny'n eu gwneud yn enwog
a rhoi llawer o sylw iddyn nhw. Nid felly yn yr achos yma.
Eto i gyd, beth yw'r pwynt lladd pobl mewn dull clyfar os
nad oes neb yn cael gwybod am eich clyfrwch?

"Mae pobl fel ein Dialydd wedi croesi'r ffin i dir
seicolegol y tu draw i'n deddfau a'n rheolau cyffredin ni,"
dywedais. "Mae unigolion sy'n ffeindio'u hunain yn y Tir
Neb seicolegol yma'n aml yn dewis cuddio tu ôl i hunaniaeth
arall – neu drawsnewid 'u hunain yn ffigwr mytholegol."

"O'r Mabinogi, er enghraifft."

"Ia, yn union. Yr hunaniaeth fytholegol hynny, wedyn,
sy'n cyflawni'r troseddau."

"Be ti'n feddwl wrth Dir Neb?"

"Wel, mae'r Dialydd eisoes wedi cyflawni tair llofrudd-
iaeth. Allwn ni ddim anwybyddu'r posibilrwydd cryf y
bydd yn taro eto, sy'n awgrymu'i fod o wedi croesi ffin
seicolegol. Hynny yw, mae o wedi rhyddhau'i hun o'n
moesoldeb cyffredin ni. Mae rhywun sy'n cyflawni

llofruddiaeth neu ddynladdiad yn gallu gwneud hynny heb fwriadu ailadrodd y weithred, ond mae llofrudd sy'n lladd eto yn rhoi ei hun mewn 'tir neb' lle nad oes yna unrhyw ffiniau, ond y ffiniau y mae o'n dewis 'u cydnabod."

"Felly, fe ddylen ni whilo am rywun sy'n sefyll mas o'r boblogaeth. Bachan tamed bach yn od, sy'n meddwl 'i fod e'n well na phawb."

"Na, nid o reidrwydd. Ar yr wyneb mi all fyw bywyd hollol normal. Mi all fynd i'w waith fel arfer bob dydd, ella fod ganddo deulu ac yn treulio'i amser hamdden yn chwarae golff neu'n tendio'i ardd. Mi all eistedd ar 'i soffa, efo'i blant a gwylio'r bwletinau newyddion am ei weithredoedd ysgeler. Ond yn 'i feddwl 'i hun does ganddo fo ddim cysylltiad â'r llofruddiaethau. Mae ganddo ddau bersona ac mae'r ddau dan 'i reolaeth yn llwyr – y fo ydi'r pyped a'r pypedwr."

Edrychais ar fy oriawr; roedd angen i mi ddychwelyd i'r coleg cyn hir.

"Yli, 'sa'n well i mi hel fy nhraed am academia..."

Cododd Brynmor ar ei draed.

"Popeth yn iawn, ti 'di 'neud gwaith da, 'chan. Alli di roi hwnna i gyd lawr ar bapur er mwyn i fi gael dangos iddyn nhw lan llofft. Maen nhw'n lico gweld pethe fel 'na. Argraff dda, y teip yna o beth. Wedyn ffonia fi os feddyli di am rywbeth. Ti moyn lifft 'nôl i'r coleg?"

Derbyniais gynnig Brynmor a diolch iddo am ei eiriau caredig, ond er na ddywedais wrtho ar y pryd – er gwaethaf y siarad hyderus – teimlwn yn sylfaenol anesmwyth ynghylch y dadansoddiad cychwynnol. Fel petai rhyw ddarn o'r darlun ar goll. Roedd greddf yn dweud wrthyf bod rhywbeth gwahanol am y llofrudd hwn.

Bron 'mod i'n ei adnabod.

X

Y peth cyntaf wnes i ar ôl mynd â'r plant i'r ysgol y
bore canlynol oedd mynd am y caffi i gael fy java
beunyddiol, ond wrth gerdded lawr i'r ddinas a chamu
rhwng pyllau dŵr drycin y noson cynt, pasiais heibio'r
siop Gymraeg, ac ar chwiw sydyn penderfynais fynd yno
i chwilio am lyfrau ar y Mabinogi. Fy ngobaith oedd dod
o hyd i rywbeth fyddai'n dadansoddi'r chwedlau er mwyn
i mi drio dod â rhyw oleuni ar batrwm ymosodiadau'r
Dialydd.

Doeddwn i ddim wedi troedio Siop y Setl ers tro byd.
Fel llawer o'm cyfoedion fydda i ddim yn darllen llawer o
lyfrau Cymraeg bellach, ac ar wahân i brynu ambell
gerdyn pen-blwydd a llyfrau i'r plant ni fu gen i achos i
daro heibio'r lle.

Efallai mai un rheswm isymwybodol am gadw draw
yw bod Arwyn Gwyn y llyfrwerthwr yn gymeriad mor flin.
Bob tro y byddaf yn mynd yno, mi fydd o yno y tu ôl i'r
cownter, yn edrych yn ddu arnoch dros ei sbectol hanner
lleuad, ac yn ceisio dyfalu pwy ydych chi a pha drywydd
seithug sydd wedi eich gyrru i'w siop. Nid oedd y tro yma'n
fawr gwahanol. Rhoddai Arwyn yr argraff nad oedd
ganddo fawr o amynedd gyda'i fusnes – yn sicr, nid oedd
yn gwneud unrhyw ymdrech i ddenu cwsmeriaid newydd.
Roedd y llyfrau arddangos yn y ffenestr wedi hen felynu
ac roedd gosodiad y llyfrau yn y siop ei hun yn un gybolfa
anhrefnus ar draws ei gilydd. Gosodwyd y llyfrau newydd

reit wrth ymyl y cownter er mwyn gwneud yn siŵr bod Arwyn yn gallu cadw llygad ar y cwsmer wrth iddo bori trwy'r llyfrau, a sicrhau bod y cwsmer yn gwbl ang-hyfforddus wrth fodio'r tudalennau.

Y diwrnod hwnnw, roedd un o ffrindiau Arwyn o'r dref yn sefyll wrth ymyl y til yn hel clecs gyda'r siopwr ac yn rhoi'r byd Cymraeg yn ei le.

"...ti'n gwbod y boi 'na sy ar y rhaglen Clwb Rygbi... wel, mae e wedi mynd gyda'r fenyw rhaglen wylie ar HT... a wedyn mae'r arian maen nhw'n weud mae e wedi gael am werthu'i ran e o gwmni ffilmie Athena... dyna ffor mae e'n gallu fforddo'r tŷ 'na tu fas i Landeilo. Tri chan mil medden nhw... rhaglenni cachu... acto prennaidd... soi'n watsho lot o S4C erbyn hyn."

Rhyw hanner gwrando yr oeddwn wrth geisio dod o hyd i lyfrau academaidd ar y Pedair Cainc. Wedi tyrchu'n aflwyddiannus ynghanol anhrefn y silffoedd edrychais ar fy oriawr. Tri chwarter awr oedd gen i cyn y ddarlith gyntaf. Llyncais fy malchder a mynd draw at Arwyn.

"Oes gen ti lyfrau ar y Mabinogi?"

Edrychodd arnaf fel pe bawn wedi gofyn am docyn trên i Fladifostoc.

"Pa fath o lyfr?"

"Wel, ym... astudiaethau academaidd neu..."

"Yr unig beth sy gyda fi yw cwpwl o lyfre plant draw fan'co," atebodd yn sychaidd a phwyntio'n annelwig at domen o lyfrau Sam Tân a Tomos y Tanc. "Falle dylech chi drio Smiths."

Wedi methu dod o hyd i ddim ac eithrio addasiadau o'r hen chwedlau i blant fe benderfynais wneud yr hyn y dylwn i fod wedi'i wneud yn y lle cyntaf, sef mynd i lyfrgell y coleg.

Rhoddais alwad ffôn sydyn i Rhiannon er mwyn rhoi

gwybod iddi y byddwn ychydig yn hwyr yn ei chyfarfod am ginio.

"Mae hyn yn dechrau mynd yn obsesiwn, gwylia dy hun!" Trwy drugaredd, chwerthin wnaeth hi nid sorri.

Yn y llyfrgell fe ges i lond côl o gyfrolau'n trafod yr hen chwedlau. Dw i ddim yn meddwl i mi erioed ddarllen cymaint am y Pedair Cainc a'r rhamantau ag y gwnes i'r prynhawn hwnnw. Erbyn diwedd y dydd roeddwn wedi sgim-ddarllen tomen o lyfrau a cheisiwn ryw ysbrydol-iaeth i'm helpu i ddatrys dirgelwch cymeriad a chymhell-ion y Dialydd.

Darllenais gymaint o ddeunydd ag y gallwn ar yr hen chwedlau yn y prynhawn hwnnw. Ymgais i wthio chwarter canrif o ddysg i'm pen mewn tair awr.

Yr hyn oedd yn ddiddorol i mi oedd y dadlau ymysg yr academwyr ynghylch cynllun neu ddiffyg cynllun y Mabinogi. Ar un llaw mi oedd gennych chi bobl, o'r tu allan i Gymru fel rheol, yn dadlau mai casgliad di-gynllun o draddodiadau llên gwerin a thraddodiadau crefyddol o oes Geltaidd oedd y Pedair Cainc; ar y llaw arall dadleuai ysgolheigion eraill yn frwd bod ôl pensaernïaeth gywrain ac amlweddog i'w gweld yn y chwedlau.

Hyd y gwelwn, doedd dim patrwm amlwg yn y llofruddiaethau chwaith, ac eithrio bod y llofrudd wedi defnyddio dyfyniadau o'r Mabinogi i gyfiawnhau ei weithredoedd. Er hynny, roeddwn yn argyhoeddedig bod yna batrwm, ond i mi chwilio'n ddigon caled.

Yn yr achos cyntaf yr oedd wedi dyfynnu o'r gainc gyntaf. Yn yr ail lofruddiaeth yr oedd wedi dyfynnu o'r drydedd gainc. Wedyn, ar ôl llofruddio'r Sais anffodus, cyfeirio at yr ail gainc a wnaeth y Dialydd.

Er nad oedd pob dyfyniad yn cyfeirio at achos o ladd yn y chwedlau yr oedd rhyw fath o gosb ynghlwm wrth bob un. Pwyll yn cosbi Hafgan am ormesu Annwn. Llwyd fab Cilcoed yn cosbi Pryderi am rywbeth wnaeth ei dad ac Efnisien yn cosbi Matholwch trwy anharddu ei geffylau oherwydd sarhad personol.

Nid oedd cyswllt amlwg, serch hynny, rhwng y cyfeiriadau hyn a'r bobl a ddewiswyd gan y llofrudd fel gwrthrychau ei ddialedd. Mi allech chi ddadlau bod rhagfarnau Angus Porter yn ormes ar Gymry Cymraeg. Ond doedd dim cyswllt rhwng cosb Pryderi a thynged Owen Hughes, yr Aelod Cynulliad. Ar wahân i ddamcanu nad oedd y Dialydd yn ystyried y Sais yn fawr gwell nag anifail, fedrwn i ddim gweld arwyddocâd mawr yn llofruddiaeth waedlyd Daniel Dean chwaith.

Rhaid oedd rhoi'r gorau iddi am y tro. Dewisais rai cyfrolau i fynd adref efo mi – llyfrau gan W J Gruffydd, Alwyn a Brinley Rees, Proinsias Mac Cana ar y Mabinogi ac ambell gyfrol fwy cyffredinol ar arwyddocâd chwedlau'n gyffredinol gan Ffrancwyr ac Americanwyr. Byddai hynny'n ddigon am y tro.

Yn sefyll wrth ddrws y llyfrgell yn sgwrsio gyda myfyrwyr oedd dyn main, pryd tywyll mewn siaced ledr frown a chrys gwyrdd agored. Fel arfer, roedd graen ar ei bryd a'i wedd. Dyn oedd yn edrych ar ei ôl ei hun yn ofalus, gyda chysgod o farf wedi'i thorri'n daclus a gwallt byr. Edrychai ddeng mlynedd yn iau na'i oed.

O bell credwn mai un o'r myfyrwyr tramor oedd o, nes iddo droi rownd i'm cyfarch.

"Math, 'chan. Shwd ma' pethe?"

Euros Williams.

Roedd Euros yn un arall a fu yn y coleg gyda mi. Dechreuodd y ddau ohonom ar yr un adeg, ond gadawodd ar ôl tymor i fynd ar gwrs newyddiaduraeth yng Nghaerdydd. Wedi hynny, collais gysylltiad ag ef pan aeth yn ohebydd tramor gyda Reuters. Teithiodd y byd yn ei waith – o Dde Affrica i Gambodia, o Ogledd Iwerddon i Irác. Ar ôl gohebu ar Ryfel y Gwlff dychwelodd i Gymru ar ddechrau'r naw degau i weithio i'r BBC ond ni fu'n hir yn y fan honno.

Newyddiadurwr yr hen do oedd ef.

"Nid fel y pethe ifanc 'ma," meddai wrthyf unwaith dros beint. "Maen nhw'n meddwl bod dod mas o'r coleg gyda gradd Gyfathrebu a gweithio am fis fel ymchwilydd teledu yn golygu'u bod nhw'n ddigon da i fod yn newydd-iadurwyr. Does neb yn tyrchu am stori bellach. Y cwbwl maen nhw'n 'i wneud yw cyfieithu bwletine Llunden. Does gyda nhw ddim trwyn am stori – dim cysylltiade yn y byd go iawn achos maen nhw'n treulio'u hamser yn y swyddfa drwy'r dydd."

Diflasodd ar hynny, a llwyddodd Garmon i'w demtio i ddod yn ddarlithydd ar ei gwrs newydd ar y cyfryngau. Llyncodd ei falchder a dechreuodd geisio dysgu o'i brofiad fel newyddiadurwr i'r myfyrwyr hynny y bu mor ddifrïol ohonynt gynt.

Er hynny, hen foi iawn oedd Euros. Ef oedd yr unig un ar staff y coleg oedd yn rhannu fy hoffter o jazz, ac arferem fynd am beint o dro i dro i glwb Satchmo's yn y ddinas i glywed ambell gerddor yn chwarae'r hen ffefrynnau. Stwff cynnar Louis Armstrong, Ellington a Bix Beiderbecke oedd ei bethau ef ond roedd yn ddigon eangfrydig i fwynhau pob math o jazz, o be-bop i gerddoriaeth Coltrane a Miles.

"Rhaid i ni fynd mas eto cyn bo hir," dywedodd. Yna taflodd gip ar ei oriawr. "Nefoedd, dw i'n hwyr. Well i fi hastu."

"Be sy gen ti heddiw?"

"Myfyrwyr blwyddyn dau. Dangos cwpwl o fideos a

gofyn iddyn nhw gymharu ffilmie rhyfel fel *Apocalypse Now*, Coppola a *La Battaglia di Algeri*, Pontecorvo – ti wedi gweld honna? Yffach o ffilm dda. Cymharu rheina gydag adroddiade newyddion pobl fel Pilger, John Simpson..."

"A titha?"

Gwenodd Euros.

"Mae hynny'n fy atgoffa i... mi wyt ti wedi gaddo paratoi darlith i'r myfyrwyr sy 'da fi. Odyw'r stwff yn barod 'da ti?"

Ryw fis ynghynt roedd Euros wedi gofyn i mi baratoi llith ar ffilmiau fel *Se7en* a *Silence of the Lambs* yn trafod y gwahaniaeth rhwng realiti a gwirionedd ym mhortreadau ffilm o waith seicolegwyr fforensig.

"Mae gen i syniada, ond dw i'n uffernol o brysur ar hyn o bryd..."

"Iawn, does dim brys, sgwrs anffurfiol diwedd tymor wnaiff y tro. Hei, raid i fi siapio hi. Rho ffôn i ni drefnu mynd mas. Hwyl, wela i di."

***

Trefnais i gyfarfod â Rhiannon yng nghaffi Groegaidd Aisyklos am bryd o fwyd am un o'r gloch y prynhawn. Roedd ganddi gyfarfod cyfieithu ar y pryd yn y ddinas yn y bore, felly achubwyd ar y cyfle gorau i ni weld ein gilydd dros ginio.

Roedd hi eisoes wedi cyrraedd ac eisteddai yng nghefn y tŷ bwyta yn darllen y papur lleol. Ar ôl i mi dynnu fy nghôt wleb euthum draw i eistedd wrth ei hymyl. Archebwyd salad Groegaidd o gig oen mewn dail gwinwydd gyda salad caws ffeta, hwmws, bara pitta a gwin gwyn i'r ddau ohonom.

"Am uffar o dywydd! Hen wragedd a ffyn go iawn. Dw i'n socian eto!" ebychais. "Dw i ddim yn meddwl bod y glaw yma byth yn mynd i stopio!"

"Wyt ti wedi gweld hyn?" ebe Rhiannon gan ddangos llun yn y papur o wrthdystwyr yn erbyn rhyw barc busnes newydd yng ngogledd y sir. Ynghanol yr eco-filwyr arferol yr oedd dyn canol oed barfog yn gwisgo sbectol a nifer o drigolion y pentref. Arwyn Siop y Setl a chriw o'i ffrindiau oeddynt.

"Mae o'n byw i fyny yn nhopia'r sir rwla. Ond wyddwn i ddim 'i fod o mor Wyrdd," dywedais innau.

"Efallai ei fod o'n ailddarganfod 'i ieuenctid eithafol yn 'i ganol oed," cynigiodd Rhiannon. "Mae gobaith i ni gyd!"

"Sut fore gest ti?" gofynnais.

"Uffernol!"

Gweithiai Rhiannon yn rhan-amser i gwmni Lingua Cambria a'r bore hwnnw roedd hi wedi mynychu cyfarfod dan nawdd Cymdeithas Celfyddydau Morgannwg yn Oriel Gelf y ddinas.

Yn y cyfarfod roedd dynes o Gymdeithas Opera a Drama Penrhyn Gŵyr ac roedd defnyddio offer cyfieithu yn creu problemau ac anawsterau dybryd iddi.

"Wel, fel ti'n gwbod, Saesneg ydi iaith y cyfarfodydd yma fel rheol; mae'r Cymry'n cadw'u pennau lawr tra bo'r Saeson yn rhedeg y sioe. Ond am unwaith fe benderfyn-odd rhyw Gymro siarad yn ei famiaith. Mae'n rhaid 'i fod o'n nerfus achos mi roedd·o'n siarad yn gyflym ar y naw. Ta waeth, mi ro'n i wrthi fel lladd nadroedd yn ceisio cadw i fyny efo fo pan welais i trwy gil fy llygad yr hen ddynes blw rins yma o'r gymdeithas operatig yn ffidlan efo'i chlustffonau. Yna, taranodd ei llais swanc dros y lle: 'Ahm, teribli sori, but ddus jyst won't do... '"

"Be wnest ti?"

"Stopio. A cheisio bod yn gwrtais wrth yr ast tra oedd hi'n mynd drwy 'i phetha yn lladd ar safon fy nghyfieithu.

Iesgob, ma' isio gras. Hi oedd ddim yn licio'r ffaith bod rhywun wedi torri arfer canrifoedd a siarad Cymraeg yn y blwmin cyfarfod."

Arllwysais ychydig o win i'w gwydr.

"Wedyn, fe ganodd y mobeil. Dyfrig Elwyn. Ein hybarch olygydd achlysurol."

"Be oedd hwnnw isio?"

"Ar frys i gael gair hollbwysig â mi am adroddiad i ryw gwango addysg ro'n i wedi'i gyfieithu wythnos diwethaf."

Roedd Dyfrig Elwyn yn burydd ieithyddol. Y puraf o bob purydd, yn feistr corn ar acenion ac orgraff. Ceidwad safonau mewn oes anwar. Mwla mwyaf y Taliban iaith. Doedd dim dwywaith ei fod yn olygydd trylwyr a chydwybodol, ond roedd ganddo dueddiad anffodus i hollti blew a gwneud ati i chwilio am wallau lle nad oedd rhai'n bod. A chyda phob gwall ar y papur, cynyddu a wnâi ei ymdeimlad o'i bwysigrwydd ei hun. Yn y diwedd, doedd neb ar ôl a fedrai siarad ac ysgrifennu Cymraeg cywir ond Dyfrig Elwyn ei hun.

"Be oedd ganddo fo i'w ddeud?" holais.

"'Mae yna ddwy "n" yn "ysgrifennu" ers cyn cof,' medda fo wrtha fi'n sychaidd. Y pidyn bach!" rhefrodd Rhiannon. "Gwneud môr a mynydd o wall teipio. Ceidwad safonau ieithyddol Cymru fach, myn uffar i! Doeddwn i ddim yn gallu atal fy hun."

"Be ti wedi'i wneud, Rhi?"

"'Dach chi ddim yn cofio?' medda fo. 'Sori, be ddeudoch chi? Cofio be?' atebais i. 'Mae yna ddwy "n" yn "ysgrifennu" 'mechan fach i,' meddai'r mwlsyn nawdd-oglyd."

"A be oedd dy adwaith di?"

"'Tewch â deud,' meddwn i, 'ac mae 'na ddwy "ff" yn "ffyc off" hefyd!' a rhoi'r ffôn i lawr ar y diawl!"

"Rwyt ti eisiau cadw dy swydd, wyt?"

"Ar ôl diwrnod fel heddiw sgin i ddim llawar o ots."

"Yli, mi wyt ti wedi ymlâdd yn barod, a phrin hanner dydd ydi hi. Traed i fyny ar ôl mynd adra. Wyt ti isio i mi ddeud stori wrth y fechan heno?"

"Ew, ia diolch i chdi. Mi 'llwn i neud efo pum munud o lonydd ar ôl y bore 'ma."

Cam cyfrwys, mae gen i ofn, oedd hynny. Rhoi siwgr ar y bilsen cyn rhoi gwybod iddi am fy mhenderfyniad i helpu'r heddlu gydag achos y Dialydd. Ar ôl dweud wrthi am gefndir yr achos aeth Rhiannon yn dawel am ychydig. Sipiodd ei gwin gwyn, yna dywedodd: "Dy benderfyniad di ydi hyn. Ond dw i'n cofio sut oeddat ti ar ôl y tro dwetha."

"Mae hyn yn wahanol. Dw i'n fwy gwrthrychol."

"Wel," meddai Rhiannon, "dy benderfyniad di ydi hyn. Y cyfan sy'n bwysig i mi yw gwneud yn saff nad yw dy waith di'n cael effaith ddrwg ar ein bywyd teuluol. Y plant sy'n dod gyntaf i mi…"

"A finna."

"Iawn, os ti'n deud. Dyro dy air i mi y gwnei di roi'r gorau i hyn os wyt ti – neu fi – yn gweld y peth yn effeithio arnom ni'n pedwar yn fa'ma."

Roedd hynny'n hawdd. Bu ymateb Rhiannon yn gymaint o ryddhad i mi nes i mi ddechrau siarad yn fwg ac yn dân am yr achos.

"Beth bynnag, nid lladdwr cyfresol cyffredin mo hwn. Mae 'na batrwm i'w lofruddiaethau. Dial y mae o."

"Dial am be?"

"Dial. Dial am be mae pobl wedi gwneud i'w cymunedau, i'w gilydd, i Gymru, i'r byd."

"Mae o'n swnio fel fersiwn seicopathig o Mistar Urdd i mi! Er, wedi meddwl, ella mai dagra petha ydi bod angan seicopath i ddangos i ni be 'di cyflwr petha go iawn yn y wlad 'ma."

"Ti'n rhyfygu rŵan, Rhiannon."

"Ella 'mod i, ond wyt ti'n siŵr nad wyt ti'n mynd i uniaethu gormod gyda'r 'Dialydd' yma?"

"Mi fydda i'n iawn, Rhiannon. Coelia di fi. Mi fydda i'n iawn. Ac mi fyddwn ni'n iawn hefyd. Gei di weld."

***

Newydd gamu i mewn i'r car ar ôl cinio yr oeddwn pan ganodd y ffôn yn fy mhoced. Brynmor oedd yno.

"Shwd ma' hi'n mynd?"

Dywedais fy mod yn ceisio cael at waelod cymhellion y Dialydd ar sail ei ddulliau o ddewis targedau, a'i ddefnydd o'r hen chwedlau fel dull o ladd.

"Mae o wedi dewis dull o ladd o dair o'r pedair cainc hyd yma. Os wyt ti'n lwcus – neu'n anlwcus, yn dibynnu ar dy safbwynt – mae'n bosib mai dewis dull o ladd o'r gainc olaf wnaiff o nesa. Stori Math fab Mathonwy, Gwydion y dewin a Blodeuwedd. Oes gen ti rywbeth?" holais.

"Dim llawer, ond falle fod gyda ni gysylltiad rhwng y llofruddiaethe."

Byddai darganfod cyswllt rhwng y rhai a lofruddiwyd yn help mawr i mi ddarganfod cymhellion y llofrudd.

"Ryn ni wedi ffindo bod dou o'r tri yn dal cyfranddaliade mewn cwmni gwerthu arfe. Eagle Industries."

"Mae'r enw'n gyfarwydd."

"Mi fuon nhw yn y newyddion yn ddiweddar am sgam ynghylch gwerthu arfe i Israel a Phacistan. Maen nhw'n arbenigo mewn gwerthu awyrenne, taflegre a systeme radar electronig. Cyhuddodd rhyw bapur newydd nhw o gael ffafre gan y Llywodraeth er bod gwaharddiad ar werthu i'r Dwyrain Canol oherwydd yr argyfwng."

"Beth am y trydydd?"

"Wel, ryn ni'n ymchwilio i hynny heddi. Falle bod y siârs mewn portffolio buddsoddi heb yn wybod i ni. Wedi gweud 'ny, ro'dd gan bob un o'r tri gyfranddaliade yn WalMart, felly falle na fydd yr ymholiade yn dwyn llawer o ffrwyth."

"Am beth ydan ni'n chwilio, deud? Aelod chwerw o Gymdeithas y Cymod sy'n casáu Saeson?" gofynnais yn goeglyd.

"Ti byth yn gwbod," atebodd Brynmor, gan ychwanegu'n hanner cellwair: "Ond sen i'n dy le di, mi fydden i'n tsheco 'mhortffolio cyfranddaliade!"

XI

Y noson ganlynol roedd gen i orchwyl merfaidd i'w gyflawni.

Rwy'n cofio teimlo fy nghalon yn suddo pan welais i'r amlen wen yn fy nhwll post yn y coleg. Agorais hi a thynnu'r cerdyn gwahodd allan.

Mae'n bleser gan Garmon a Branwen Elfyn eich gwahodd i noson o gawl a chân yn Aberhenfelen. Pris tocyn £10. Bydd elw'r noson yn mynd at gynllun cyfnewid y coleg gyda Phrifysgol Macao.

Gwyddwn nad oedd modd osgoi'r wledd ddiwylliannol hon, a bod disgwyl i mi a'm cymar fod yn bresennol. Er gwaethaf oriogrwydd Garmon, yr oedd yn ŵr o ddylanwad, a rhaid oedd cyflawni'r ddyletswydd grafllyd. Rheidrwydd oedd mynd, gan fod sôn yn y gwynt am aildrefnu adrannau'r coleg – a Garmon oedd yn gyfrifol am lunio'r cynllun. O safbwynt dyfodol academaidd, syniad da, felly, oedd dangos wyneb yn *soirée* ffuantus yr Is-brifathro a'i briod.

Llwyddais i berswadio Rhiannon i ddod gyda mi gan roi addewid iddi na fyddai'n rhaid aros tan y diwedd a chan ymrwymo i fynd gyda hi ar drip siopa Nadolig i Gaerdydd ymhen y mis i chwilio am anrhegion i'r plant.

Siaced ysgafn a thei oedd gen i yn ôl fy arfer (dilledyn defnyddiol iawn i guddio fy mol cwrw!), ond fe gefais ychydig o drafferth i ddarbwyllo Rhiannon i wisgo'n ffurfiol ar gyfer y noson. Yn y diwedd, bodlonodd ar wisgo ffrog laes, ddu, gwddw isel yn hytrach na chrys-T oedd yn sgrechian slogan am dorri cadwynau gormes y tlawd.

"Ffwrdd â ni 'ta," meddai Rhiannon gan daflu 'goriadau'r car ataf a mynd i eistedd wrth ymyl sedd y gyrrwr. "Mi gei di yrru. Os oes 'na win ar gael dw i'n mynd amdano fo'n syth! Fedra i ddim stumogi'r noson fel arall."

Cychwynnais injan yr Awdi a rhoi cerddoriaeth i fynd.

"Oes rhaid i ni gael hwnna? Y tro dwetha wnest ti chwara Coltrane roedd o'n mynd 'nôl a blaen drwy'r nodau heb fawr o drefn. Roedd y boi'n swnio fel tasa fo'n tagu cath."

"Miles 'ta?"

"Ddim heddiw. Mae hwnnw'n gallu chwarae fel 'tai rhywun wedi sathru ar 'i droed o. Sgin ti'm byd gan y Manics neu'r Tri Bob?"

'Y Tri Bob' oedd ffordd Rhiannon o gyfeirio at ei harwyr cerddorol: Marley, Dylan a Delyn.

Roedd ei theimladau hi at y drindod yma yn cyfateb i'm rhai i at Bird, Miles a Trane. Lle'r oedd fy nghar i'n llawn o Hoff Bethau Coltrane a Cherrig Milltir Miles, yr oedd ei Folcswagen hithau'n llawn o Ecsodus, Traffordd 61 a Gwbade Bach Cochlyd.

"Nag oes. Mi wyt ti'n fy nabod i. Gwranda ar hwn. Mi ges i'r tâp yn rhad yn dre dro 'nôl."

Un o'm pennaf amcanion mewn bywyd oedd darbwyllo Rhiannon o werth canu jazz. Rwyf wedi ceisio apelio at ochr wleidyddol-gywir Rhiannon, a'i hoffter o gerddoriaeth reggae ac Affricanaidd, gan ddweud wrthi bod jazz wedi datblygu o gyfuniad o rythmau Affrica a bandiau martsio Ffrengig New Orleans – ond does dim yn tycio. Sŵn drwg, aflafar yw'r miwsig iddi hi.

Mae'r gair ei hun yn rhwystr. Jazz. Mae'r ystrydebau'n dod rif y gwlith – y clybiau llawn mwg glas, y dilynwyr yn eu crysau gwddw polo yn diflasu pawb drwy fynd ymlaen ac ymlaen am berfformiad byw anhygoel eu harwr cerddorol mewn rhyw ŵyl jazz rywbryd yn y chwe degau.

"Iawn, mi gei di jazz am 'chydig, os ga' i Marley wedyn."

Bodlonwyd ar y cyfaddawd yna, ac roedd sŵn piano a bas tawel yn gefndir i nodau lleddf trwmped Miles yn gyfeiliant i ni, wrth yrru drwy'r gwyll ar draws y dref ac allan i'r wlad i gyfeiriad plasty Garmon.

"Beth yw teitl y gân hon, 'lly?"

"'Générique' o ffilm *Ascenseur pour l'echafaud* – Lifft i'r crocbren."

"Ia, mae fy Ffrangeg i'n ddigon da i ddallt hynny, diolch," atebodd. "Neis iawn, wir."

Wn i ddim ai coeglyd oedd hi am deitl macâbr y dôn, ynteu rhoi sylw am nodau hudolus unig a melancoli trwmped Miles oedd hi.

Yn sydyn, camodd rhywbeth gloyw allan o'r cloddiau tywyll a disgleirio ynghanol y lôn.

"Nefoedd! Bydd ofalus. Gwylia'r lôn, da ti."

Bu'n rhaid i mi droi'r llyw a brecio'n sydyn er mwyn osgoi taro rhedwr mewn tracwisg wen a chap coch llachar. Sgrialodd y car ar draws wyneb gwlyb y ffordd. Llwyddais rywsut i gadw rheolaeth, a thrwy drugaredd nid oedd car yn dod o'r cyfeiriad arall.

Cip yn unig gefais i ar y lonciwr. Digon i weld mai dyn main, canol oed gyda barf frith wyllt yr olwg oedd o.

"Iesgob, mi oedd hwnna'n edrych fatha drychiolaeth o fyd arall. Mi oeddat ti bron â tharo'r cradur yna. Pwy uffar sa'n loncian ar noson mor wlyb â hon? Lwcus 'i fod o'n gwisgo *shell suit* lachar."

"Paid â phoeni – mi welais i o mewn da bryd," dywedais

yn ddidaro. "Ta waeth, be 'di'r gair Cymraeg am *shell-suit*?" gofynnais wrth lywio'r car yn ôl i ochr gywir y lôn.

"'Plisgwisg' sy gan Briws."

"Na, dw i ddim yn licio hwnna. Mae o'n swnio'n rhy lythrennol. Beth am 'rhechwisg'?"

"Rhechwisg! Mae gen i syniad gwell. Beth am 'Redemption Song', yn lle'r felan jazz diflas yma drwy'r adeg?"

O feddwl yn ôl, efallai mai camgymeriad oedd gadael i Rhiannon wrando ar Bob Marley wrth yrru i fyny'r llwybr helaeth at dŷ moethus Garmon. Roedd ysbryd gwrthryfel yn berwi yn ei gwaed wrth i mi gloi'r car a cherdded gyda hi at ddrws Aberhenfelen.

"Y drws na ddylem ei agor!" sibrydodd Rhiannon dan ei gwynt.

***

Nid oeddwn wedi bod yn nhŷ Garmon ers blwyddyn neu ddwy ac roedd anghynildeb y lle yn drawiadol. Nid rhai i guddio eu llewyrch ariannol dan lestr oedd Garmon a Branwen.

Lleolid Aberhenfelen mewn darn braf o gefn gwlad rhyw ddeng milltir i'r gorllewin o Gaerfyrddin. Tŷ helaeth ydoedd, fel oedd yn gweddu i ddyn o statws Garmon.

Y tro cyntaf i ni ymweld â'r lle cawsom ein gorfodi i fynd ar daith o amgylch y 'bwthyn'. Tywyswyd ni i'r gegin ffitiedig dderw, yna aed â ni i'r parlwr bwyta eang a'i ddreser Gymreig draddodiadol yn llawn o lestri Gaudy Welsh, cyn esgyn i'r llofftydd helaeth heibio casgliad nodedig Branwen o blatiau Eisteddfodau Cenedlaethol y chwarter canrif diwethaf, nes cyrraedd y *pièce de résistance* – sef *conservatory* drud gyda gwydr lliw a phaneli gwydr yn cynnwys dyfyniadau o lenyddiaeth

Gymraeg a phatrymau Celtaidd yn plethu i'w gilydd.

(Ymysg y dyfyniadau mewn llythrennau cain cafwyd 'Gwyn eu byd yr oes a'u clyw, Tangnefeddwyr Plant i Dduw' gyferbyn â 'Dros Gymru'n Gwlad'; ac mewn teyrnged i'w wraig, dyfyniad o'r bedwaredd gainc: 'Branwen teccaf morwyn yn y byt oed'. Bwriad gwreiddiol Garmon oedd gosod dyfyniad o waith Gwenallt ar y gwydrau lliw gyferbyn â'r darn o'r Mabinogi oedd yn canmol ei wraig. Yn anffodus – yn ôl stori a glywais yn lolfa'r staff yn y coleg – cafwyd ychydig o drafferth pan ofynnodd Garmon i'r saer gopïo llinell gyntaf 'Cymru' gan Gwenallt. Gan mai di-Gymraeg oedd y saer nid oedd yn gwybod bod Gwenallt wedi ysgrifennu amryw o gerddi gyda'r teitl 'Cymru'. Felly, yn hytrach na ffenestr hardd gyda'r geiriau 'Gorwedd llwch holl saint yr oesoedd a'r merthyron yn dy gôl'; yr hyn a gafwyd oedd 'Di, butain fudr y stryd â'r taeog lais'. Yn naturiol, bu'n rhaid i Garmon fynd at ei dwrnai'n syth i gywiro'r mater a chael iawndal.)

Cyn i ni gael cyfle i guro'r morthwyl drws pres, agorwyd y drws gan ffigwr bychan Branwen, mewn ffrog hufen un-darn syml a gemwaith arian am ei gwddf. Bu'r blynyddoedd yn garedig wrthi; roedd hi'n dal yn drawiadol o ddel.

"Rhiannon. Mathew. Croeso mawr i chi'ch dau."

Un arall o'n cyfoedion coleg oedd Branwen, gwraig Garmon. Nid hi oedd y fwyaf deallus o'r myfyrwyr (ac angharedig fyddai ailadrodd llysenw rhai o'i ffrindiau eiddigeddus arni, sef Branwen 3H – hen hogan hurt). Ond hi, heb os, oedd y ddelaf o ferched ei blwyddyn. Llygaid glas, wyneb tlws, gwallt yn donnau aur a chorff perffaith hefyd. Cystadleuaeth fawr ymysg hogiau'r neuadd breswyl oedd bod y cyntaf i gysgu gyda hi – ond methu wnaeth pawb am dair blynedd. Tan ar ôl yr arholiadau gradd, hynny yw, ac yn y nosweithiau gwyllt hynny ar ôl yr arholiadau, Garmon, o bawb, fu'n llwyddiannus. Yn naturiol, roedd Garmon ar ben ei ddigon pan gytunodd hi i fynd allan gydag ef, a dyna gychwyn perthynas hir ac uchelgeisiol. Cyfuniad cyffredin (a llwyddiannus yn amlach na heb) yw'r twp a'r uchelgeisiol, a chyda'i gilydd fe weithiodd y ddau yn ddyfal er mwyn dringo i frig ein tomen fach Gymreig.

Roedd Branwen yn perthyn i mi o bell. Chwaer fy nhaid yn gyfnither i'w mam neu rywbeth felly. Ond nid un i hel achau ydw i. Mi glywais rywun yn damcaniaethu yn ystafell y staff yn y coleg rhyw dro y gallech chi ddilyn tras pob Cymro a Chymraes yn ôl i linach Gruffudd ap Cynan. Yn y diwedd, felly, mae pawb ohonom yn perthyn i'n gilydd. I mi mae amser yn ddigon prin heb wastraffu oriau yn olrhain teulu.

Cyfieithydd oedd Branwen hefyd. Arferai weithio i'r Cyngor Sir ond yn ddiweddar, gadawodd i sefydlu ei chwmni cyfieithu ei hun gyda Garmon, gan fod hwnnw wedi addo defnyddio ei gysylltiadau yn y coleg i ddenu cwsmeriaid.

Cyn hir daeth Garmon draw, yn gwisgo siwt ddrud yr olwg yn ôl ei arfer, ac estyn llaw fel pe baem yn ffrindiau agos iddo. Gwenodd arnom, ei fochau coch yn sgleinio'n groesawgar.

"Mathew! Rhiannon! Yr hen griw! Ysblennydd! Mor falch eich bod chi wedi gweld yn dda i ddod atom. Dowch i mewn, gyfeillion, mae pawb arall wedi cyrraedd. Mae Gwern a Gwenhwyfar ar fin rhoi cainc ar y delyn i ni."

Arweiniwyd y ddau ohonom o'r cyntedd i'r parlwr eang. Nid parlwr oedd y lle yn gymaint â neuadd ganol oesol, gyda thrawstiau pren sylweddol yn rhedeg ar hyd y to. Er hynny, nid oedd yn taro deuddeg gan ei bod yn gwbl amlwg nad oedd y trawstiau yn cynnal dim ac mai creu effaith hynafllyd yn unig oedd eu diben.

Ym mhen draw'r ystafell yr oedd tair telyn. Dwy fach ac un fawr. Yn eistedd ar stolion yn barod i ganu yr oedd plant Garmon: Gwern a Gwenhwyfar. Y mab mewn dici bô a siwt felfaréd a'r ferch fach mewn sgert ffrils. Ymunodd Branwen â hwy gan eistedd ar y stôl bellaf un.

Codais fy llaw i gyfarch rhai o'r gwesteion eraill oedd wedi ymgasglu hwnt ac yma yn yr ystafell. Yn eu plith yr oedd Euros, yn ei siaced ledr gyfarwydd, a thaflodd hwnnw winc slei arnaf wrth i ni ymlwybro draw tuag ato. Yn gweu eu ffordd yn ddeheuig hefyd trwy'r trigain neu fwy o westeion yr oedd dwy forwyn a gweinydd. Swyddogaeth y rhain oedd gweini bwyd a diod, ac roedd digonedd ohono fel y sylwodd Rhiannon.

"Reit dda. Mi dw i awydd sglaff a claret."

"Paid â gneud ati, Rhi."

"Iawn, iawn, o hyn ymlaen mi fydda i'n chwarae rhan Ms Parchus, gwraig y seicdreiddiwr byd-enwog Mathew ap Parchus. Paid â phoeni, mi fydda i'n hogan dda."

Doeddwn i ddim mor siŵr o hynny, ond bu'n rhaid i ni roi taw ar ein sgwrs bigog gan fod yr is-brifathro ar fin estyn gair o groeso.

"Ga' i yn gyntaf ddiolch i chi gyd am ddod yma. Mi rydw i, Branwen a'r plant yn hynod falch eich bod chi wedi gweld yn dda i ddod i'n bwthyn bach clyd ni eto eleni am noson o gawl a chân. Fel y gwyddoch, mae'n fwriad gennym eleni gyfrannu at gynllun cyffrous y coleg i gynyddu ein cysylltiadau gyda Phrifysgol Macao ac mewn byd mawr sy'n prysur fynd yn llai..."

Nodwedd amlycaf Garmon oedd diogi academaidd a'i anallu i beidio â siarad mewn ystrydebau. Cyn mynd yn academydd parchus ef oedd ffan fwyaf Edward H Dafis y tu allan i Ffostrasol. Rwy'n ei gofio yn y coleg yn mynd i ddawnsfeydd a nosweithiau llawen yn ei facyn coch, a'i wasgod werinol yn rhoi'r argraff ei fod yn un o feibion y tir glas er mai mab rheolwr banc o Landysul ydoedd mewn gwirionedd. Gwaddodion y cyfnod yma oedd hoffter Garmon o ddyfynnu caneuon Edward H yn ei areithiau. Mi allech chi ddadlau mai Edward H Dafis oedd holl sail athroniaeth Garmon Elfyn.

"Yn y Fro arbennig hon, nid nepell o'r Preseli, rydym wedi brwydro Yn erbyn y ffactore i roi'r noson hon Ar y Ffordd i chi. Diolch i chi am beidio â chadw Draw heno, felly Dewch at eich Gilydd yn gytûn i fwynhau ein croeso. Ac yn awr mae Branwen a'r plant am ein diddanu gydag ychydig o alawon ar y delyn a darnau o drysorfa ein llên."

Dechreuodd y telynorion ganu hen geinciau Dafydd y Garreg Wen, 'Hen fwthyn fy Nain', ac ati.

"Efallai fod rhai ohonoch wedi bod yn ddigon ffodus i weld yr hen Dom a'i fand yn ei gyngerdd i ddathlu Gŵyl Ddewi eleni yn Stadiwm y Mileniwm – Saint Dave's Rave. Wel, fe hoffai Branwen a'r plant dalu ein teyrnged fach ni i'r Cymro Cŵl o Bontypridd."

Ar hynny, canodd y telynorion gyfres o ganeuon Tom Jones ar y delyn oedd yn amrywio o'r 'Green, green grass of home' i 'Deleila' a 'Sex Bomb'.

Pwniwyd fi yn fy asennau gan Rhiannon.

"Lle mae dy ddialydd di heno, Mathew, i gael trydaneiddio'r penbwl gwirion 'ma?"

Uchafbwynt cyflwyniad y noson oedd adroddiad y plant o *Fuchedd Garmon*, gan gyrraedd diweddglo poenus wrth iddynt lefaru llinellau enwog y gerdd fel teyrnged i'w tad mewn uchafbwynt o ystumiau gwefus a llygaid anghynnil.

GARMON, GARMON,
GWINLLAN a roddwyd i'm gofal yw CYMRU fy ngwlad,
I'w thraddodi i'm PLANT
Ac i BLANT fy mhlant
Yn dreftadaeth dragwyddol...

Ar ôl y canu, y cawlio.

Erbyn hyn roedd Rhiannon wedi cael blas ar y claret. Nid oedd hi wedi meddwi, ond mi roedd hi wedi mynd yn fwy siaradus. Siarad gyda phennaeth yr adran Seicoleg a'i wraig oeddwn i ond llwyddodd Rhiannon i gornelu Euros ac roedd yn sgwrsio'n frwd gydag ef a Branwen am ryw bwnc llosg neu'i gilydd.

Nid oedd pennaeth yr adran yn ddyn anniddorol, ond nid oedd yn ddifyr iawn chwaith. Bu'r Athro Peter King yn dysgu'r iaith ers pymtheng mlynedd heb wneud ymdrech go iawn i'w meistroli, ac mewn nosweithiau fel hon roedd ganddo dueddiad i fynd ymlaen ac ymlaen mewn Cymraeg clapiog am faterion colegol.

Llwyddais i ddianc gan wneud esgus bod Rhiannon am fy ngweld am eiliad. Nid oedd hynny'n wir, wrth reswm, gan ei bod hithau'n cael amser digon hwyliog yn gwrando ar Euros yn hel atgofion am ei waith yn gohebu o ryfeloedd anwar yn y Trydydd Byd.

Pan gyrhaeddais i'r tri, roedd Rhiannon yn diawlio America am ymosod ar y Gynghrair Islamaidd a pheryglu heddwch y byd er mwyn llenwi pocedi cwmnïau olew Tecsas. Roedd Euros yn ôl ei arfer yn pryfocio Rhiannon trwy ddadlau safbwyntiau croes. Eisiau i bawb fod yn ffrindiau oedd Branwen.

"Dwi ddim yn amddiffyn yr Iancs, ond maen nhw mewn lle anodd iawn. Os na wnân nhw rywbeth mi fyddan nhw'n cael 'u gweld yn wan ond ar y llaw arall..."

"... ar y llaw arall nhw sy wedi noddi a hyfforddi'r terfysgwyr yma i gychwyn!"

Trwy gil fy llygaid gwelais Garmon yn nesáu tuag atom, yn mynd o griw i griw fel y Pab yn rhoi gras ei fendith ar bob un ohonom.

Yn y diwedd daeth draw at ein grŵp ni.

Rhoddodd ei ddwylo'n dadol ar ysgwyddau Branwen a Rhiannon a gofyn: "Mi glywais sgwrs fywiog yn mynd ymlaen yma! Siarad siop, ie ferched? Cymharu nodiadau o'r byd cyfieithu? Mae'n gyfnod cyffrous yn y maes dw i'n siŵr?"

"Na," atebodd Rhiannon yn swta, "mae'n gas gynnon ni siarad siop, on'd oes Branwen? Siarad am ormes America ar y byd sy'n datblygu oeddem ni."

Gwenu'n llywaeth wnaeth Branwen a chynnig rhagor o gaws gafr a gwin i ni.

Parhaodd gwraig un o'r gwesteion oedd yn sefyll wrth ein hymyl gyda chywair gwenieithus y noson, trwy afael ym mraich Garmon a'i ganmol am ei safiad diweddar ar safonau iaith isel disgyblion yr ysgol Gymraeg leol, ac yn arbennig ei syniad o wrthod mynediad i blant os nad oedd eu rhieni'n dderbyniol gan Fwrdd Llywodraethwyr yr ysgol.

Rwy'n cofio Rhiannon yn datgan ar y pryd mai stynt oedd hynny er mwyn tynnu sylw ati ei hun fel ceidwad safonau addysgol, ac roeddwn yn ofni'r gwaethaf wrth i'r sgwrs droi at y pwnc.

"Ie Garmon, cwyno am safonau iaith ysgolion Cymraeg am fod dy Joni bach di wedi cael ei alw'n *Welshy ponce* gan garidyms y dref wnest ti, ynte?"

"Ddim o gwbl, mae'n rhaid i rywun amddiffyn safonau a gwarchod ansawdd, osgoi bratiaith..." bytheiriodd Garmon, ei fochau coch yn troi'n lliw piws eithafol.

Ond roedd Rhiannon ar gefn ei cheffyl ac yn benderfynol o garlamu trwy stondin Garmon.

"Sut mae achub y Gymraeg heb ailennill y di-Gymraeg? Dim ond rhyw griw dethol fel ni sy'n cael arddel Cymreictod – fel cath anwes sy'n cael ei chadw'n y tŷ ddydd a nos rhag ofn iddi gyfathrachu gyda rhyw gwrcath garw fydd yn esgor ar fwngrel annifyr! Cadw i'r oesoedd a ddêl yr elitiaeth a fu."

***

Yn ddiweddarach, teithiai'r ddau ohonom tuag adref yn y car. Nid oeddwn yn gallu ymatal rhag rhoi sylw blin.

"Diolch am heno," dywedais yn goeglyd.

"Be?"

"Lladd ar Garmon yn ei dŷ ei hun!"

"Wel, dydw i ddim yn difaru dim, a chyn i ti ddeud, doeddwn i ddim wedi meddwi chwaith. Tri gwydraid ges i."

"Tri gwydraid llawn iawn."

"Ta waeth, mi oedd angen rhoi pin yn 'i swigan. Elitiaeth yn cuddio o dan gynfas 'amddiffyn safonau'."

"Dw i ddim mor siŵr am hynny, ond nid dyna'r pwynt. Pam uffar wnest ti droi'r llwy bren efo Garmon o bawb? A titha'n gwbod yn iawn mai fo sy'n gyfrifol am ad-drefnu adrannau'r coleg."

"Yli, mae'n rhaid i ni ddeud be 'dan ni'n 'i feddwl. Fedrwn ni ddim cadw'n pennau i lawr yn blant da drwy'r adeg. Os na wnawn ni, pwy wnaiff?"

"Mae amser a lle i bopeth. Mi oeddat ti'n ddigon hapus i fflyrtian efo Euros drwy'r nos."

"Be? Paid â bod mor hurt, ddyn! Fo oedd yr unig un difyr mewn llond tŷ o ddiflaswyr. Be ti'n ddisgwyl i mi 'neud? A phrun bynnag, o be welais i mi oedd mwy o ddiddordeb gynno fo yn be oedd Branwen yn ei 'neud."

73

"Ti'n swnio'n siomedig."

"Ti'n swnio'n genfigennus."

Efallai 'mod i. Er nad oedd yr eiddigedd yn rhywbeth yr oeddwn yn ymwybodol iawn ohono, roeddwn yn edmygu Euros i'r graddau ei fod wedi mentro o Gymru i'r byd mawr a chael profiadau difyrrach na'r hyn gefais i wrth ddilyn trywydd gyrfa a magu teulu. Fe gefais fynychu cynadleddau yn Harvard, y Sorbonne a Fflorens, ond doedd hynny ddim yr un peth â bod yn dyst i weld taflegrau *cruise* yn hedfan heibio i'ch gwesty ben bore yn Baghdad neu fod wrth y glwyd pan gerddodd Mandela'n rhydd. Rhyw edmygedd cefnder iau at gefnder hŷn oedd gennyf, ac efallai fod gen i fymryn o eiddigedd tuag ato, ond nid oedd hynny wedi effeithio ar ein cyfeillgarwch. Hyd yma, o leiaf.

"Wel paid â dod ata i i grio pan fydd arwydd ar werth ar Ryd Myddfai."

"Poeni am dy swydd wyt ti? Duwcs, paid â phoeni, mi fyddi di'n iawn, mae gen ti'r gwaith mŵnleitio gyda'r heddlu..."

"Dydi hynny ddim yn ddigon i dalu'r blydi morgais."

"... ac ar ôl i ti ddal y Dialydd yma mi gei di sgwennu llyfr am y peth a gwneud dy ffortiwn."

A bu tawelwch.

Doedd Rhiannon ddim yn cymryd y llofruddiaethau o ddifrif, ond fedrwn i ddim ei beio hi am hynny gan fy mod wedi ceisio ei chysgodi hi a'r plant rhag y gwir am yr erchyllterau.

Efallai mai meddyliau felly a barodd i mi smalio pwdu a distewi am ychydig a chanolbwyntio ar yrru drwy'r nos ddu.

Rhyw dri chwarter awr o daith oedd hi o Aberhenfelen i Ryd Myddfai, ac roeddem tua hanner ffordd adref pan edrychais yn y drych a gweld bod yr un pâr o oleuadau wedi bod yn ein dilyn yr holl ffordd o dŷ Garmon.

Arafais y car am eiliad er mwyn rhoi cyfle iddo fy mhasio, ond arafu wnaeth y cerbyd arall hefyd, a chadw yr un pellter y tu ôl i ni. Yr un oedd yr ymateb wrth i mi roi fy nhroed i lawr a chyflymu. Craffais eto gan geisio gweld rhif y cerbyd, ond roedd adlewyrchiad goleuadau'r car dieithr yn y pyllau dŵr a'r diferion glaw yn rhedeg i lawr y ffenestr gefn yn gwneud hynny'n amhosib.

Mae'n rhaid bod Rhiannon yn sylweddoli 'mod i'n bryderus: "Wyt ti'n iawn?" holodd. "Yli, sori am heno, ond mae Garmon a'r frenhines berffaith yna'n codi pwys arna i."

Estynnodd ei llaw a gafael yn fy mraich a'i gwasgu'n dyner.

"Mae'n iawn," atebais. Er 'mod i'n parhau i deimlo braidd yn ddig, roedd fy llygaid yn dal i wylio'r goleuadau yn y drych.

"Camgymeriad oedd gofyn i ti wneud rhywbeth roeddet ti'n ei gasáu. Mi wna i grafu gyda Garmon fore Llun ac mae'r adran yn dangos cynnydd yn nifer y myfyrwyr dros y flwyddyn, felly paid â phoeni, mi fyddwn ni'n iawn."

Roeddem ar gyrion y dref erbyn hyn, a lampau'r ffordd ddeuol yn goleuo'r lôn. Edrychais yn y drych i geisio cael cip ar yrrwr y car oedd wedi bod yn ein dilyn. Welais i neb. Dim ond lori lo a fan lefrith oedd y tu ôl i ni. Roedd y car arall wedi diflannu.

XII

SEF KYFRYWCHWARE A WNEYNT, TARAW A
WNAI POB UN DYRNAWT AR Y GOT, AE A'E
DROET AE A THROSSAWL

Roedd Llywelyn Lewis wedi cael diwrnod blinedig.

Blinedig ond proffidiol.

Heddiw roedd ffermwr amlycaf ei sir wedi bod draw
yn torri'r dywarchen gyntaf ar y gwaith o godi Parc Busnes
Penrhiw Retail Park ar draws ei gaeau. Roedd y gwaith
papur cyfreithiol eisoes wedi'i gwblhau wythnosau
ynghynt, ac roedd y siec dew eisoes yn gorffwys yn braf
yn ei gyfrif banc. Roedd yn anrhydedd, meddai, i un o
fois y pridd fel yntau gael rhoi cychwyn ar ddatblygiad
newydd cyffrous fyddai'n dod â'r unfed ganrif ar hugain
yn nes i drigolion ei fro.

Ymgasglodd torf go dda i weld y gwaith yn dechrau.
Wrth gwrs, roedd ambell brotestiwr yno. Y rhan fwyaf
yn hirwallt a gwallgof yn bytheirio yn erbyn y difrod
amgylcheddol, er bod ambell un o'r pentref hefyd yn
cwyno am y colli busnes a ddeuai yn sgil y datblygiad
newydd. Nid oedd hynny'n mennu dim ar deimladau
bodlon Llywelyn Lewis, fodd bynnag.

Torrai'r parc masnach trwy gaeau ac ar draws
coedwigoedd hen a fu ar dir fferm teulu Llywelyn Lewis
ers canrifoedd. Ond roedd bryd y diweddaraf o dylwyth y
Lewisiaid ar arall-gyfeirio a symud gyda'r oes. Felly, pan

gynigiodd y Mri. Balfour a Beattie bris teg (teg dros ben a dweud y gwir) am y tipyn caeau, teimlai Llywelyn mai ei ddyletswydd oedd derbyn y cynnig.

Cyn hir llwyddodd rhuo'r cloddwyr a'r peiriannau trwm i foddi cri ddolefus y protestwyr ac angau natur wyllt. Rhwygwyd y dderwen a'r onnen. Dymchwelwyd y fedwen a'r fasarnen.

Mi oeddet ti yno hefyd, ynghanol y dorf a ddaeth i weld y dinistr ecolegol. Yn ddigon agos at Llywelyn Lewis i weld y dafnau chwys ar wegil ei wddf wrth iddo dorri'r dywarchen gyntaf.

Mi wyt ti'n gwybod cymaint â neb yno am y ffermwr cefnog. Llywelyn Roderic Lewis, Aelod o'r Gynghrair Cefn Gwlad, Cadeirydd ymgyrch y sir o blaid hela'r llwynog, ac ar adegau, aelod answyddogol o'r Blaid Geidwadol. (Ar adegau eraill, mae'n aelod answyddogol o Blaid Cymru, yn dibynnu i ba gyfeiriad y mae gwyntoedd gwleidyddol yr ardal yn chwythu.) Dyn ydyw sydd wedi llwyddo drwy'r blynyddoedd i roi'r argraff ei fod yn gwarchod cefn gwlad tra bod ei fryd mewn gwirionedd ar warchod ei waled.

Cyhoeddai Llywelyn ar lafar gwlad ei gefnogaeth ddiwyro i'r fferm deuluol Gymreig ond, mewn gwirionedd, yr oedd yn dyheu am y dydd y gwelai dranc ffermwyr bach yr ardal. Oherwydd gwyddai pe baent hwy yn mynd i'r wal y byddai hynny'n golygu y gallai yntau draflyncu eu cornel nhw o'r farchnad a denu pres mawr y cwmnïau technoleg bwyd i'w goffrau.

Roedd y cwmnïau mawr hynny yn byw yn y byd go iawn, ac nid yn hiraethu am ryw baradwys briddlyd na fu. Malu awyr rhamantus oedd y sôn am stiwardiaeth y tir a gofal amgylcheddol. Lol botes. Dyna pam nad oedodd ddwywaith cyn derbyn cynnig corfforaeth GeneCrops o

Fflorida i arbrofi gyda chnydau genetig ar gaeau Penrhiw.

I Llywelyn Lewis ffatri oedd y fferm, a pheiriannau cynhyrchu arian oedd ei anifeiliaid. A gorau po fwyaf o gyfle a gâi i droi pob dŵr i'w felin ei hun.

Mae'n ddyn grymus yn ei fro a thrwy gyfrwng brawdoliaeth y seiri lleol fe lwyddodd i berswadio rhywrai o ddylanwad i dawelu ciwed Asiantaeth yr Amgylchedd pan oeddynt am ddwyn achos yn ei erbyn am wenwyno tir gyda phlaladdwyr ac arllwys slyri i'r afonydd. Bryd hynny, lladdwyd cannoedd o bysgod a bywyd gwyllt yn yr afon oedd yn ffinio â thir Llywelyn Lewis.

Mi wyt ti'n cofio gweld y gyflafan ynghanol y dŵr croyw, ac mae lluniau'r sewin a'r brithyll celain yn fflachio trwy dy feddwl wrth i ti ddilyn Llywelyn Lewis yn ôl adref at ffermdy Penrhiw.

Mi fynnodd y ffermwr alw heibio'r Llew Coch ar ei ffordd adref, ac mi ddrysodd hynny dy gynlluniau di ychydig; ond er hynny, mi wyt ti'n benderfynol o wneud iddo dalu'r pris am ei bechodau. Mae'r ffermwr barus hwn wedi gwastraffu ac afradu ei etifeddiaeth ac am hynny mae'n rhaid iddo ddioddef.

Ni fydd heno'n hawdd ond mi wyt ti wedi paratoi'n drylwyr ac mae cyfiawnder ar dy ochr di. Dy ddyletswydd yw gweinyddu'r gosb eithaf.

Mi wyt ti'n parcio'r car tywyll rhyw ddau ganllath i lawr y lôn gerllaw safle'r parc busnes. Erbyn i ti gyrraedd y caeau y tu ôl i Benrhiw mae hi wedi dechrau nosi. Felly, mi wyt yn gorwedd yn labordy genetig y dolydd glas yn disgwyl i'r gweision adael ac yn aros nes bod y ffermwr a'i wraig wedi mynd i'r gwely.

Does yna'r un enaid byw o fewn hanner milltir i'r fferm. Mae'r ardal yn braf ac am rai oriau mi wyt ti'n gorwedd yn y gwair yn mwynhau llonyddwch gefn trymedd nos y wlad anghysbell. Y diferion glaw yn disgyn yn araf ar dy dalcen ac yn golchi dy wyneb.

Ffermdy moethus yw Penrhiw wedi'i addasu'n chwaethus o'r tŷ gwreiddiol a godwyd yn yr ail ganrif ar bymtheg. Bu teulu'r Lewisiaid yn byw yma ers hynny yn naddu bywoliaeth ar y tir, ac yn raddol ddringo o ris i ris nes cyrraedd copaon dylanwad yng nghymdeithas y fro.

Rhyw ddwy awr ar ôl gweld y golau'n diffodd yn ystafell wely'r ffermdy mi wyt ti'n sicrhau bod y gwn a phopeth sydd ei angen arnat yn dy sgrepan yn ddiogel. Yna, mi wyt ti'n gwisgo'r masg ac yn cropian yn llechwraidd ar dy bedwar tua'r ffermdy. Mi wyt ti'n gwybod y bydd y cŵn yn siŵr o dy synhwyro di'n agosáu ac y bydd hynny'n saff o ddeffro Llywelyn Lewis. Rhaid bod yn gyflym a phenderfynol, felly, a pheidio â rhoi cyfle iddo sylweddoli beth sy'n digwydd.

Fel y disgwyl, wrth i ti gyrraedd talcen y tŷ mae'r cŵn yn dechrau cyfarth yn wyllt. O fewn eiliadau mae'r golau'n dod ymlaen yn y llofft. Mae o'n dweud wrth ei wraig ei fod o am fynd i weld beth sydd wedi tarfu ar y cŵn hela. Mi wyt ti'n cyrraedd y drws cefn ac yn gweld ei gysgod yn symud y tu ôl i'r llenni. Mae o'n agor y drws ac yn mynd allan i'r buarth. Eiliadau ar ôl iddo wneud hynny mi wyt tithau'n sleifio drwy'r drws cefn agored. Yna, mi wyt ti'n rhoi golau'r gegin ymlaen ac yn rhuthro i fyny'r llofft.

Mae Mrs Lewis yn sgrechian, ond mae'n rhy hwyr.

Yno mae hi yn ei choban, yn edrych arnat yn dy ddillad du a dy fasg sgio du, ac yn dychmygu'r holl erchyllterau yr wyt ti wedi'u paratoi ar ei chyfer. Mae arogl piso yn yr ystafell, ac mi wyt ti'n sylweddoli bod Mrs Lewis wedi dychryn am ei bywyd.

"Nans, wyt ti'n iawn?"

Mi wyt ti'n pwyntio'r gwn ati gydag un llaw ac yn rhoi

bys dy law arall ar dy wefus er mwyn dweud wrthi am gadw'n dawel ac i beidio ag ateb ei gŵr.

Mi wyt ti'n gafael yn Nans Lewis gerfydd ei gwar ac yn ei martsio allan i ben y landin.

Mae Llywelyn Lewis ar waelod y grisiau ac ar fin dod i fyny pan mae'n clywed andros o glec ac yn teimlo gwres tanbaid yn ymledu o'i stumog i lawr ei drowsus. Clyw sgrech ei wraig yn gweiddi ei enw hefyd.

"Llywelyn! Llywelyn!"

Mi wyt ti'n gwthio Mrs Lewis ar draws y landin i'r ystafell ymolchi. Nid yw hi'n stopio sgrechian, felly mae'n rhaid i ti ei tharo yn ei hwyneb gyda'r dryll. Syrthia'r wraig i'r llawr.

Wyt ti'n difaru gwneud hynny? Efallai. Nid curwr menywod wyt ti ac rwyt ti'n gobeithio nad yw hi wedi brifo llawer; ond mae'n rheidrwydd arnat i dawelu sgrechiadau dynes y tŷ heno. Rheidrwydd, hefyd, yw gwneud yn siŵr nad yw hi'n tarfu ar weddill dy gynllun. Felly, mi wyt ti'n tynnu rhaff o dy sgrepan ac yn rhwymo ei choesau'n sownd ac yn clymu cadach am ei cheg, cyn cerdded allan a chau drws yr ystafell yn glep ar dy ôl.

"Nans! Nans!"

Mae sgrechiadau dolurus ei gŵr yn llenwi dy glustiau. Sgrech ydyw sy'n gyfuniad o ofn a phoen dirdynnol. Wrth i ti edrych arno yn gorwedd yn swrth ger drws y parlwr, efallai i ti deimlo rhyw dosturi tuag ato – ond wedyn mi wyt ti'n cofio am holl ysbail y dyn dros y blynyddoedd ac mae dy galon yn caledu eto.

Erbyn i ti afael ynddo a'i lusgo ar draws y buarth i gyfeiriad yr ysgubor wair, efallai fod Llywelyn Lewis yntau'n anymwybodol hefyd. O leiaf ni fydd raid i ti wrando ar ei riddfan truenus a'i anadlu llafurus am lawer mwy; ond dyna ni, ryn ni i gyd yn druenus yn ystod ein horiau olaf.

Mae ôl staen coch ar draws y tir lle rwyt ti wedi llusgo'r amaethwr annymunol. Mi wyt ti'n agor drws yr hen sgubor ac yn estyn sach wellt a chlwt o'r sgrepan sydd ar dy gefn ac yn rhwbio'r cerpyn dros wyneb a chorff Llywelyn Roderic Lewis, OBE, cyn gwthio'r ffermwr barus i'r sach.

Mae'r broch yn ddiogel yn y god ac arogl cryf llwynog yn llenwi'r noson oer.

Wedyn mi wyt ti'n clymu'r sach a Llywelyn Lewis ynddo yn sownd i'r trelar gyda chordyn beindin bêls. Rownd a rownd, nes bod y cordyn yn dynn a'r ffermwr yn hollol gaeth.

Mater bach, wedyn, yw tynnu'r clwt ar hyd y llawr er mwyn gosod llwybr arogl llwynog o'r trelar yn y sgubor at gwt y cŵn hela. Mae'r anifeiliaid wedi cynhyrfu gyda'r holl sŵn, ac mae angen i ti fod yn ofalus nad wyt ti'n cael dy ddal yn eu cynddaredd.

Mi wyt ti'n agor y giât ac yn sefyll o'r neilltu, gan wylio'r cŵn yn brasgamu at y sgubor yn udo a chyfarth yn barod i larpio'u meistr yn giaidd a'i ddarnio'n fyw nes bydd dim ar ôl ohono ond esgyrn a gwaed.

Nid wyt yn aros i weld diwedd yr helfa. Un peth sydd ar ôl gennyt i'w wneud, ac mae'r amlen eisoes yn dy sgrepan yn barod i'w rhoi'n ddestlus ar fwrdd cegin Penrhiw cyn i ti ddiflannu i'r nos.

XIII

Tua saith o'r gloch ar nos Fawrth oedd hi rhyw dridiau wedi'r noson fythgofiadwy yn Aberhenfelen, ac roeddwn yn chwarae gêm ar y cyfrifiadur gyda Rhys.

'Imperium' oedd enw'r gêm. Gêm strategol oedd hon, gan yr un cwmni â'r un a gynhyrchodd gampweithiau fel 'Infidel', 'Blitzkreig' a 'Pax Britannica'. Nodwedd gêmau cyfrifiadurol y cwmni yw defnyddio graffeg realistig dros ben o ryfela, marchnadoedd a llyfrgelloedd rhithwir nes eich bod yn coelio eich bod yn cerdded yn nheml hen Jerwsalem, agora Athen neu golosewm Rhufain.

Nod y gêm oedd ennill goruchafiaeth dros bob cenedl arall, a sefydlu ymerodraeth fyd-eang. Gellid gwneud hyn mewn tair ffordd: concwest filwrol, hegemoni diwylliannol neu grefyddol, neu fonopoli masnachol. O lwyddo i wneud un o'r rhain yna dyfernid y teitl 'Brenin' i chi. O lwyddo i ennill grym trwy ddefnyddio dwy o'r elfennau hyn yna byddid yn cyrraedd statws 'Ymerawdwr'. O lwyddo i goncro'r byd cyfan byddai'r enillydd yn cyrraedd statws 'Duwdod'. Rhys oedd fy ngwrthwynebydd. Arweinydd gwareiddiad yr Arabiaid ydoedd, Harwn Al-Rashid oedd ei lysenw a'i brifddinas oedd Baghdad. Siarlymaen oeddwn i, pennaeth y Ffrancwyr. Gallai un gêm gymryd wythnosau i'w chwblhau, gan y byddai'r ddau ohonom yn bwydo ein symudiadau i'r peiriant ac yn disgwyl i'r llall ymateb. Ond ar ôl cychwyn chwarae, anodd iawn oedd rhoi'r gorau i'r gêm. Roedd hi'n gafael fel cyffur.

Canodd y ffôn. Brynmor oedd yno.

"Mae'n ddrwg 'da fi ond mae e wedi taro eto. Ar ffarm lan yn nhop y shir. Gwranda, maen nhw wedi gofyn i fi fynd draw i'r lle bore fory. Wyt ti moyn dod gyda fi?"

"Iawn, rho ychydig i mi aildrefnu petha yn y coleg."

"Gwrdda i ti am hanner awr wedi naw wrth ymyl dy le di yn y coleg – biga i ti lan yn y maes parco."

Rhoddais wybod i ysgrifenyddes yr adran fy mod yn gweithio ar waith pwysig gyda'r heddlu, ac iddi hysbysu Pennaeth yr Adran y byddwn yn absennol y bore hwnnw.

I ffwrdd â mi, felly, i aros amdano y tu allan i'r coleg. Nid oedd unman i gysgodi rhag y glaw di-baid, felly gweddïais na fyddai Brynmor yn rhy hir. Nid oedd wedi stopio glawio ers canol mis Medi ac roedd hi'n agosáu at ddiwedd y flwyddyn, bellach. Teimlai weithiau fod y dilyw parhaus yn rhyw fath o gosb gan y duwiau arnom i gyd.

Cyrhaeddodd yn brydlon i fynd â mi i fferm Penrhiw, sef cartref Llywelyn Lewis a'r fan lle y'i llofruddiwyd. Ar y ffordd i ogledd y sir rhestrodd rai o fanylion yr achos.

"Hwn yw'r gwaetha hyd yn hyn, Mathew. Mae'r boi wedi saethu'r ffarmwr, 'i lusgo fe ar draws y buarth i'r sgubor, 'i sdwffo fe mewn sach a gadel y cŵn yn wyllt. Mae'r bytheied wedi'i fyta fe'n fyw, ac yn ôl y bois sy lan 'na'n barod mae golwg y jiawl ar y dyn. Mae ei wraig e miwn yffach o stad fel 'set ti'n ddisgwl. Dyw hi ddim wedi cael gwybod y manylion i gyd 'to."

"A'r cŵn?"

"Aeth ein saethwyr ni draw i ddifa'r rheiny bore 'ma."

"Oedd 'na neges ganddo fo'r tro yma?"

"Amlen frown ar ford y gegin yn y tŷ. Unwaith eto, mae'r bachan yn uffernol o cŵl ac yn cymryd ei amser. Dyw e ddim yn rhuthro o 'na ar ôl cwpla'r job."

"Am be mae'r neges yn sôn?"

Os oedd fy namcaniaeth i'n iawn byddai'r dyfyniad yn dod o'r bedwaredd gainc, ac yn ymwneud â hanes Blodeuwedd.

"Dw i ddim yn gyfarwydd â'r darn," atebodd Brynmor gan fynd ymlaen i adrodd y dyfyniad.

Ergyd i mi oedd gweld nad oedd fy namcaniaeth am nodyn y Dialydd yn gywir.

Hanes broch mewn cod o'r gainc gyntaf oedd yno. Hanes Gwawl fab Clud yn ceisio cael Rhiannon, darpar wraig Pwyll Pendefig Dyfed, yn wraig iddo yntau ac yn twyllo. Wedyn, Pwyll a'i ddynion yn cosbi Gwawl drwy ei glymu mewn sach a'i guro'n gas.

Roedd fy namcaniaeth am batrwm y ceinciau gwahanol ymhell o'i lle, felly. Er nad oedd hynny'n cyfateb i unrhyw batrwm o fewn y chwedlau eu hunain, mi roedd yna ddilyniant o ladd yn y gogledd, yna yn y de, wedyn gogledd eto, ac yna yn y de. Oedd yna batrwm arall?

"Damia fo..."

"... neu hi!"

"Ia, neu hi – er, dyn ydio dw i bron yn saff. Fysa gan ferch ddim y nerth corfforol i drywanu, llusgo a saethu fel sydd gan y Dialydd. 'Tai o wedi defnyddio dull o stori Blodeuwedd mi fyswn i'n mentro y bydda fo wedi gorffen gyda'r lladd gan ei fod wedi mynd trwy bob un o'r pedair cainc."

"Pam 'ny?"

"Achos y bydda fo wedi gwneud ei bwynt, ac wedi cwblhau ei batrwm."

"Ond nid yn unig mae e wedi whalu dy theori di, mae e wedi whalu'n theori arall ni am gasineb at y di-Gymrâg hefyd. Cymro Cymrâg mowr oedd Llywelyn Lewis. Bachan mowr yn lleol. Diacon, cynghorydd pwysig. Dyn y pethe. Bob tro ryn ni'n dod yn agos at ei ddeall e mae e'n symud y pyst. Bastad ag e!"

Os oedd y Dialydd wedi dryllio ambell un o'n damcaniaethau ynglŷn â'i batrymau meddwl, yr oedd y ffaith bod y llofrudd yn ehangu ei ystod o dargedau yn atgyfnerthu un o'm theorïau. Nid lladd di-drefn oedd yma ond neges i unigolion fel y gwleidydd, y ffermwr, y colofnydd a'r mewnfudwr nad oeddent yn cael gwneud fel y mynnent. Ceisiai'r Dialydd roi'r argraff bod rhywun yn eu gwylio'n feunyddiol ac yn eu barnu, ac yn bwysicach na dim yn gweithredu'r farn honno.

"Ella 'i fod o'n dioddef ffantasïau crefyddol – mae'n bosib ei fod yn gweld ei hun fel rhyw fath o angel sydd wedi'i alw i amddiffyn Cymru, Creadigaeth Duw neu drueiniaid y ddaear, neu ryw hunan-dwyll felly."

"Mae un peth yn saff i ti – dyw ein ffrind seicotig ddim wedi cwpla 'to."

"Wn i, ac mi ydan ni'n bell ohoni ar hyn o bryd."

Amlinellodd Brynmor yr hyn oedd yn wybyddus iddo am gefndir Llywelyn Lewis. Nododd ei gysylltiadau ym myd amaeth, a byd gwleidyddiaeth leol, yn ogystal â'r ffaith fod ganddo yntau hefyd gyfranddaliadau yng nghwmni gwerthu arfau Eagle Industries.

"Wyt ti'n meddwl mai'r busnes cwmni arfau yma yw'r cyswllt rhwng y rhai sy'n cael 'u lladd?"

"Anodd gweud. Mae e'n od ar y jiawl 'u bod nhw i gyd yn berchen ar siârs yn y cwmni – mae'n dynion ni'n edrych mewn i'r peth â chrib mân – ac ryn ni wedi rhybuddio cyfarwyddwr y cwmni i fod yn ofalus. Ond 'dyn ni ddim wedi gweud pam wrthyn nhw. Jyst sôn bod angen mwy o fesurau atal terfysgaeth – y math yna o beth."

Dywedodd hefyd fod rhai o'i gyd-swyddogion wrthi'n chwilota trwy aelodau grwpiau amgylcheddol lleol oedd wedi gwrthwynebu'r parc busnes neu'r cnydau genetig a blannwyd ar dir Llywelyn Lewis.

"Maen nhw'n whilo am gymhelliad politicaidd. Rhyw fudiad terfysgol. Ond dw i o'r farn taw un bachan gwallgo' sy ar waith 'da ni fan hyn."

Nid y Dialydd yn unig oedd yn mynd â bryd Brynmor y bore hwnnw, serch hynny. Roedd yr ymladd yn y Dwyrain Canol wedi gwaethygu dros nos yn sgil bomiau'r wythnos flaenorol yn Nhŵr Sears yn Chicago a'r ymosodiad trwy ddefnyddio nwy gwenwynig ar y *subway* yn Efrog Newydd.

"Mae'r byd yn mynd i'r jiawl, Mathew. 'Cryfach yw'r gadwyn na grym y gwir/Trech ydyw'r nos na'r goleuddydd clir'. Ti'm yn meddwl?"

Carlamodd yn ei flaen, rhoi ei droed ar y sbardun a mentro mynd trwy olau coch.

"O Jerwsalem i Washington i fan hyn, mae fel 'tyse pawb yn gwallgofi. 'Na ti'r Gynghrair Islamaidd 'ma sy'n ymosod ar America. 'Dyn nhw ddim gwell nag anifeiliaid. Be sy ishe i'r Iancs 'i neud yw mynd mewn yn galed a'u sbaddu nhw i gyd. Yr unig iaith mae'r terfysgwyr yn 'i deall yw trais."

"Ia, ella dy fod ti'n iawn, ond synnwn i ddim mai dyna mae'r terfysgwyr yn 'i ddweud am yr Americanwyr hefyd."

"Ond mae'n rhaid i ti dalu'r pwyth 'nôl. Alli di ddim gadel pethe fel maen nhw. Llygad am lygad, dant am ddant."

"Ma' llygad am lygad yn gwneud y byd i gyd yn ddall."

"Clefar iawn. Pwy wedodd 'ny? Rhyw seicolegydd trendi, mae'n siŵr."

"Na, Mahatma Gandhi."

"Ie, ond mae pobl a'r byd yn fwy cymhleth na 'ny, on'd 'yn nhw? Nid du a gwyn yw hi, ond llwyd tywyll ar y jiawl."

Erbyn hyn roeddem wedi cyrraedd ardal Penrhiw. Rhyw unwaith y bûm i yng nghyffiniau gogledd y sir o'r blaen; a'r bore hwnnw, wrth deithio drwy'r smwclaw di-baid â'r bryniau a'r coed yn cau o'n cwmpas, teimlai'r wlad yn un hynod afreal a dieithr.

Nid oeddwn wedi bod ar leoliad achos o lofruddiaeth ers blynyddoedd, ac roedd y profiad yn un anesmwyth a dweud y lleiaf. Edrychai buarth y fferm fel set ffilm, gyda phlismyn arfog ar y glwyd, a swyddogion a ditectifs mewn dillad gwyn yn cribo'r buarth am dystiolaeth. Parciodd Brynmor y car wrth ymyl y glwyd. Gwisgodd y ddau ohonom yr oferôls gwyn dros ein dillad a cherdded ar hyd y llwybr a arweiniai at glos y fferm.

Sgwrsiodd Brynmor am eiliad gyda rhai o'r ymchwilwyr fforensig. Yna, ymhen ychydig, dychwelodd.

"Mae'r bois fforensig yn eithaf gobeithiol ei fod e wedi bod yn flêr y tro yma. 'Dyn nhw ddim wedi ffindo dim byd hyd yn hyn, ond falle gewn ni afael ar flewyn o'i wallt e neu rywbeth. Ti moyn dod draw i'r sgubor?"

Tynnodd Brynmor fy sylw at olion gwaedlyd ar lawr, lle bu'r Dialydd yn llusgo corff diymadferth Llywelyn Lewis i'r sgubor. Erbyn hyn, roedd y staen coch wedi cymysgu gyda'r glaw ac yn llifo'n ffrwd denau, frowngoch ar draws y clos.

Roedd yr olygfa yn y sgubor yn waeth fyth.

Roeddwn yn difaru erbyn hyn i mi gytuno i ddod gyda Brynmor i fferm Penrhiw. Wedi'r cyfan, nid oedd yn hanfodol i mi fynychu'r union fan lle cyflawnwyd y drosedd er mwyn llunio'r proffil. A does gen i ddim cywilydd o gyfaddef nad oeddwn yn medru stumogi arogl chwerw-felys y cnawd briwedig yn gymysg â'r gwellt, ac na fedrwn aros yno am fwy nag eiliadau cyn baglu allan i gael awyr iach.

Gwelodd Brynmor nad oeddwn yn teimlo'n rhy dda.

"Fydda i ddim yn hir. A' i â ti 'nôl mewn dwy funed, gad i fi gwpla un neu ddou o bethe fan hyn gynta. Mae ishe paratoi stori i'r wasg i'w cadw nhw'n hapus. Lladrad arfog wedi mynd o'i le neu rwbeth fel 'ny, i'w cadw nhw bant o'r cysylltiad rhwng y llofruddiaethe. Cer di i'r car os ti moyn."

"Na, na... mi fydda i'n iawn, allan o bractis dyna'r cwbwl."

Mynnodd, serch hynny, fy mod yn mynd i eistedd yn y car tra oedd yntau'n trafod gyda'r ditectif rhingyll sut i daflu llwch i lygaid y newyddiadurwyr oedd wedi ymgasglu ger clwyd y fferm. Hyd yma roedd yr awdurdodau wedi llwyddo i gadw'r cyswllt rhwng y llofruddiaethau yn gyfrinach, er bod hynny'n gynyddol anodd wrth i weithredoedd y Dialydd gynyddu.

Sylwais nad oedd Brynmor wedi siarad rhyw lawer gyda'r ditectifs eraill oedd yno. Er bod yr ymgyrch i ddal y llofrudd yn cwmpasu sawl ardal heddlu synhwyrais ei fod yn cadw'r rhelyw o'r tîm ymchwilio led braich, bod tuedd iddo fod yn ddiamynedd gyda'r gweddill.

"A gweud y gwir wrtho ti, Mathew," dywedodd wrthyf wedyn, "hwn fydd yr achos olaf i fi. Rwy wedi cael llond bola ac rwy'n mynd i roi'r ffidil yn y to ar ôl i ni ddala'r bachan 'ma. Mae telere ymddeol da yn y gwasanaeth. Pensiwn hael. A ta pun, dyw pethe ddim fel oedden nhw i fi. Mae'r cryts ifenc 'ma â'u llyged ar ddringo i'r top mor glou ag y gallan nhw. Does dim llawer o ddelfryde'n perthyn iddyn nhw. Ac maen nhw lan llofft yn ddigon i roi throm i fi, ishe risylts. Blydi delwedd yw popeth! Synnen i daten na fyddan nhw'n preifateiddio'r heddlu cyn bo hir. Wedyn fyddwn ni ond yn cynnig gwasanaeth plismona i'r rhai sy'n gallu 'i fforddo fe."

Roedd sŵn dadrith yn ei lais. Fel yr ambell un hynny yn un o ysgrifau arwr llenyddol Brynmor, T H Parry-Williams, sydd yn gynnar yn ei fywyd yn gorffen popeth ond marw, a disgwyl hynny y mae bellach.

Pan benderfynodd Brynmor ymuno â'r heddlu rwy'n cofio meddwl fod ei ddadleuon yn ddiniwed a naïf. Ond doedd dim dwywaith ei fod yn ddiffuant a doedd gan neb y galon i frifo'i deimladau a dweud wrtho'n blwmp ac yn blaen ei fod yn gwneud camgymeriad, ac y byddai'r sefydliad yn siŵr o'i lyncu yn y diwedd. Er hynny, syndod oedd ei glywed yn siarad mor sinigaidd am y gwasanaeth yr oedd wedi cysegru ei oes iddi. Bellach, a barnu yn ôl cywair ei sylwadau, synhwyrwn fod Brynmor yn teimlo ei fod wedi gwastraffu ei fywyd. Roedd y drwg ymhobman, meddai, yn llygru pob dim.

Cyn troi am adref gofynnodd Brynmor a fyddai ots gen i pe bai'n galw heibio i ochrau Caerfyrddin gan ei fod am weld hen ffrind iddo.

"Fydda i ddim yn hir. Jyst mynd â cwpwl o dapie fideo fenthyces i sbel 'nôl iddo fe. Gan ein bod ni draw fan hyn man a man i fi alw heibio."

"Popeth yn iawn," atebais. Doedd dim brys arna i i fynd 'nôl i'r coleg a thro Rhiannon oedd hi i hebrwng y plant o'r ysgol heddiw.

Aeth Brynmor â mi yn ei gar i Nant Llwchwr, stad o dai newydd sbon ar gyrion y dref. Nid oedd nant yn agos i'r lle, wrth reswm. Tai ar ochr uchaf y farchnad o ran pris a safon oeddynt. Cartrefi cyfrifwyr, athrawon a dynion busnes bach.

"Mae gen ti ffrindiau cyfoethog."

"Be ti'n feddwl?" atebodd Brynmor yn amddiffynnol. O ystyried mai dim ond dychwelyd hen dapiau fideo oedd o, roedd fy hen ffrind ar bigau'r drain. Fel pe bai'n sylweddoli hynny ceisiodd egluro pwy oedd perchennog y tapiau. "Un o fois y clwb rygbi yw e. Dai. Dai Rees. Mae e'n gweithio fel contractiwr ar rigs olew mas o Aberdeen. Dyw e ddim gartre yn aml iawn, ond mae e'n gwneud lot o arian..."

Ond codwyd amheuon gan ymateb rhyfedd Brynmor. Ategwyd y rheiny wedi i'r ddau ohonom gyrraedd pen uchaf Nant Llwchwr a pharcio'r car y tu allan i dŷ o'r enw *Golden Grove*.

Cododd Brynmor o sedd y gyrrwr ac agor bŵt y car.

"Damo!"

"Be sy?"

"Mae'r blydi stade 'ma i gyd yn edrych gwmws 'run peth, mae'n rhaid 'mod i wedi troi miwn i'r stryd anghywir. Yn y stad nesa lawr mae Dai'n byw. Fe reda i draw yn glou gyda'r tapie i le Dai. Does dim ishe i ti ddod mas o'r car. Dwy eiliad gymrith hyn. Aros di fan hyn. Wela i di yn y funed."

Cyn i mi gael cyfle i ddweud dim roedd Brynmor wedi troi'r gornel a hel ei draed am y rhes nesaf o dai newydd.

Fel y dywedais i, roedd ymddygiad anarferol Brynmor wedi creu chwilfrydedd ynof, ac nid rhywun i adael dirgelwch yn llonydd ydw i. Efallai 'mod i'n wirion ac yn dychmygu pethau, ac efallai mai damweiniol hollol oedd y ffaith iddo barcio'r car yn y stryd anghywir. Er hynny, roedd ei ymateb ymosodol i'm cwestiynau diniwed a'r tensiwn yn y car wrth fynd o safle'r llofruddiaeth i Nant Llwchwr yn od ar y naw.

Roeddwn i eisiau awyr iach beth bynnag, gan fod gen i gur pen drwg ers gadael sgubor waedlyd Penrhiw. Felly, gan nad oedd hi'n bwrw glaw cynddrwg erbyn hyn, dyma benderfynu mynd ar ôl Brynmor, gan geisio cadw'n ddigon pell oddi wrtho, er mwyn iddo beidio â'm gweld i'n ei ddilyn.

Hanner ffordd i lawr y lôn roeddwn i'n dechrau teimlo'n ffŵl am feddwl bod Brynmor yn twyllo. Arafodd yr heddwas a throi i fyny llwybr bychan oedd yn arwain at un o'r tai. Curodd y drws. Daeth dyn yn ei bedwar degau cynnar i'r drws. Dyn eiddil a main ydoedd, ac nid edrychai fel rhywun a arferai chwarae rygbi neu weithio ar feysydd olew Môr y Gogledd. Edrychai'n debycach i reolwr banc neu gyfreithiwr. Nid oedd golwg 'Dai Rees' arno o gwbl.

Trosglwyddodd Brynmor y bag plastig a'r tapiau fideo i'r dyn, ac estynnodd hwnnw ei waled a rhoi peth o'r cynnwys yn nwylo Brynmor. Cafwyd ysgwyd llaw mawr wedyn, a phenderfynais ei bod yn bryd i mi hel fy nhraed yn ôl am y car.

Bum munud yn ddiweddarach teithiai'r ddau ohonom yn ôl i gyfeiriad Abertawe.

"Sori am greu trafferth a mynd â ti mas o'r ffordd fel hyn," ymddiheurodd Brynmor.

"Na, dim trafferth, mi roedd heddiw'n addysg i mi," meddwn.

Tawel iawn fu'r sgwrs rhyngom ar y ffordd 'nôl. Er i mi ddweud wrthyf fy hun nad fy musnes i oedd rhoi fy nhrwyn i mewn, roedd Brynmor yn celu rhywbeth ac yn awyddus i mi beidio â gwybod amdano. Os mai rhywbeth yn ymwneud â'r gwaith ydoedd, pam na fyddai wedi dweud hynny yn lle mynd i drafferth i ddweud celwydd?

Roeddwn yn eithaf sicr nad oedd y mater yn gysylltiedig â'r llofruddiaethau. O leiaf, doeddwn i ddim yn gweld rheswm i beidio â pharhau yn rhan o'r ymchwiliad. Penderfynais mai'r peth callaf i'w wneud oedd anghofio'r cwbl, a pheidio â rhoi fy mhig i mewn i waith Brynmor. Wedi'r cyfan, roedd yn fwy na phosib ei fod yn gweithio ar achosion eraill difrifol. Gwell fyddai i mi ganolbwyntio ar yr hyn oedd gennyf ar fy mhlât fy hun ac anghofio am ymweliad rhyfedd heddiw.

Ac oni bai am ddigwyddiadau rhyfedd y misoedd wedyn, mae'n debyg mai dyna y byddwn innau wedi'i wneud hefyd.

***

Wedi i mi gyrraedd adref y noson honno, fe ganodd y ffôn oddeutu hanner awr wedi wyth.

Aeth Rhys, y mab hynaf, draw i'w godi, ond doedd dim ateb ar ben arall y lein.

"Pwy oedd yno?" gofynnais.

"Neb, jyst sŵn rhywun yn anadlu'n drwm."

"Rhif anghywir, mae'n siŵr," ebe Rhiannon. "Gad i Dad neu fi ei ateb o y tro nesaf."

Gafaelodd Rhiannon yn fy mraich a'm harwain i'r gegin.

"Dyna'r trydydd heddiw. Bob tro dw i'n ateb mae rhywun yn rhoi'r ffôn lawr. A phan dw i'n ffonio 1471 i weld pwy sy 'na, y cyfan dw i'n 'i gael ydi llais y ddynes robot yna'n deud nad ydi'r sawl ffoniodd wedi gadael ei rif."

"Wyt ti eisiau ffonio BT i roi gwybod am y peth?"

"Na, ddim heno. Jyst gobeithio nad ydio'n rhywbeth i wneud â dy waith gyda'r plismyn, Mathew. Fyddwn i ddim yn maddau iti am ddod â'r cythraul i'n bywydau ni jyst ar gownt dy waith."

Synhwyrais ei bod wedi dychryn ychydig ond ei bod yn ceisio cadw hunanreolaeth er mwyn y plant. Dywedais fy mod yn eithaf sicr nad oedd a wnelo'r galwadau gwirion ddim â'r ymchwiliadau i ddrwgweithredoedd y Dialydd, ond y byddwn yn hysbysu'r cwmni ffôn am y peth yn y bore. Jyst rhag ofn.

Mae'n rhyfedd gymaint mae pawb ohonom yn dibynnu ar bethau bach dydd i ddydd fel llythyrau, galwadau ffôn ac ati i fod yn iawn. Unwaith y mae'r pethau bach hynny yn mynd o chwith mae ein byd yn troi ben i waered, a daw rhyw naws sinistr a dychrynllyd i godi ofnau.

Ar adegau felly mae rhywun yn synhwyro mor fregus yw ein byd bach clyd a pha mor agos at y drwg a'r gorffwyll yr ydym yn byw.

XIV

"Ryn ni wedi'i ddala fe."
Brynmor oedd yn datgan yn hyderus ar ben arall y ffôn.

"Pwy? Y llofrudd?"

"Wel, mae gyda ni breim syspect ta beth," dywedodd.

"A phwy fydda' hwnnw?" gofynnais yn methu credu'r newydd.

"Arwyn Gwyn, perchennog Siop y Setl. Bigon ni e lan bore 'ma jyst cyn iddo fe agor 'i siop."

Trawyd fi'n fud gan y neges syfrdanol.

"Arwyn, y siopwr surbwch? Anodd gen i goelio'r peth. Pa dystiolaeth sy gynnoch chi?"

"Dere lawr i'r stesion i weld. Ryn ni'n 'i holi e nawr."

Nid oedd angen gwahoddiad arnaf. Ymhen cwta ddeugain munud roeddwn yn pori dros ffeil Arwyn Gwyn yng ngorsaf yr heddlu.

Yn gymysg â'r ffotograffau camera cudd o Arwyn yn sgwrsio gyda chwsmeriaid ei siop, a'r lluniau ohono'n arwain y brotest yn erbyn y parc masnach newydd, yr oedd hen luniau ohono yn y saith degau. Lluniau swyddogol yr heddlu oedd y rhain, oherwydd roedd gan Arwyn record droseddol ddifrifol.

Nid record arferol myfyrwyr ar ddiwedd y chwe degau a dechrau'r saith degau oedd honno chwaith. Nid cael ei ddal yn tynnu arwyddion neu feddiannu mastiau teledu wnaeth Arwyn, ond cael ei arestio am ymosod ar ei gariad yn ei fflat yn Aberystwyth. Ymddangosodd o flaen y llys a'i gael yn euog o achosi anaf corfforol.

"Actiwal bodily harm," ebe Brynmor dros fy ysgwydd. "Mae'n debyg 'i fod e fel anifel gwyllt ar y nosweth. Yn feddw dwll ac yn ffaelu stopo cledro'i wejen. Mas o'i ben. Seico. A dyw pobol fel 'ny byth yn newid. Rwy'n gweud wrtho ti, Mathew – fe yw'n boi ni."

Roedd cyhoeddiad Brynmor yn derfynol.

"Mae gyda fe fotif cryf. Roedd e'n casáu Llew Lewis. Roedd e'n ysgrifennydd y grŵp lleol oedd yn erbyn y parc busnes, achos mae'r parc o fewn tri chan llath i gefen 'i dŷ e. Ond yn fwy na dim, mae gyda fe record o ymddwyn yn dreisiol."

Gwyddwn fod gan Arwyn enw o fod yn siopwr blin, a rhywun oedd yn cael rhyw bleser rhyfedd mewn tynnu'n groes; ond nid oeddwn erioed wedi meddwl amdano fel rhywun ymosodol a threisgar ei natur. Eto i gyd, roedd rhywbeth rhyfedd am ei ymddygiad sarrug a allai ffitio i'm darlun o'r troseddwr.

Felly, ymddangosai fel pe bai gennym lygedyn o oleuni yn ein hymgyrch i ddal y Dialydd. O'r diwedd, roedd gen i rywun o gig a gwaed i'w astudio, yn hytrach na darluniau o droseddwyr haniaethol yn fy mhen.

Aeth Brynmor yn ei flaen i amlinellu'r ffordd y bu'r heddlu yn gwylio'r siopwr yn dilyn ffrwgwd yn un o'r protestiadau yn erbyn y parc newydd. Arestiwyd criw o eco-filwyr a phobl leol – gydag Arwyn yn eu plith. Holwyd hwy yn yr orsaf agosaf, ond ni ddygwyd cyhuddiadau yn erbyn neb. Un o sgil-effeithiau'r digwyddiad, fodd bynnag, fu atgoffa'r awdurdodau o record droseddol Arwyn. Dyna oedd yr allwedd a arweiniodd at ei arestio ar amheuaeth o fod â rhan yn yr ymosodiad ar Llywelyn Lewis, OBE.

"Reit," cyhoeddodd Brynmor. "Os wyt ti'n folon, rwy

moyn dy help di nawr. Fi sy'n mynd i'w holi fe nesa. Mae cwpwl o'r lleill wedi bod gyda fe ishws er mwyn trio rhoi tamed bach o ofon iddo fe. Tro nesa rwy'n mynd miwn i drio'i gael e i siarad. Ac rwy ishe i ti fod yna ar ochr arall y ffenest yn dishgwl arno fe i weld 'i ymateb."

Arweiniwyd fi i ystafell arbennig, lle'r oedd drych dwyffordd wedi'i osod er mwyn fy ngalluogi i weld a chlywed popeth oedd yn digwydd yn yr ystafell groesholi. Y bwriad oedd i mi astudio ymateb y siopwr i groesholi Brynmor a'i gyd-dditectif.

Wrth edrych trwy'r drych gallwn weld Arwyn Gwyn yn eistedd ar gadair blastig oren. Gwisgai oferôls gwyn, gan fod ei ddillad yn cael archwiliad fforensig, ac wrth ei ymyl eisteddai ei gyfreithiwr yn gwneud nodiadau mewn ffeil fawr.

Cyn hir, camodd Brynmor a'r Ditectif Morris i mewn, ac eistedd gyferbyn ag Arwyn a'i dwrnai. Rhoddodd Brynmor dâp sain newydd yn y peiriant a dechrau'r cyfweliad. Cychwynnwyd y croesholi'n ffurfiol gan y plismyn, ac ar ôl holi am fanylion penodol ynghylch lle roedd Arwyn ar y noson y llofruddiwyd y ffermwr symudwyd ymlaen i holi am bethau mwy cyffredinol, ond mwy diddorol i mi.

"'Wyt ti ddim yn lico Saeson, wyt ti Arwyn?"

"Saeson? Dibynnu am bwy rych chi'n sôn. Nid Saeson yw'r drwg ond Cymry pwdwr."

"Cymry pwdwr fel Llywelyn Lewis?"

Edrychodd Arwyn ar draws y bwrdd at Brynmor.

"Hen bethe slei 'ych chi. Chi'n trio 'nghael i mewn i drap. Rhoi geire yn 'y ngheg i. Ond chewch chi ddim fy fframo i, bois bach. Doedd Llew Lewis ddim yn fachan neis iawn. Jiawl dou wynebog oedd e, a do'n i ddim yn dod mlân gyda fe, mae hynny'n wir. 'Na'th e lot o ddrwg i'r ardal 'co. Byw fel rhyw farwn draw yn Penrhiw. Arllwys gwrtaith i'r afon, denu'r bobl datblygu a mynnu cael y Parc Busnes 'na. Ond bois bach, fydden i ddim yn moyn ei ladd e!"

"Oes 'na rywun arall dwyt ti ddim yn dod mlân â nhw?"

"Oes."

"Pwy?"

"Chi."

"Yr heddlu?"

"Ie. Wel, nid pob cop, ond heddlu fel chi fan hyn yn cadw fi miwn er nad wy' wedi 'neud dim byd. Y cyfan wnes i oedd codi llais unwaith yn y pedwar amser yn erbyn y Penrhiw Business Park, a 'co chi wedyn yn gafel ynddo fi a'n nhowlu miwn i gell. Polis stêt, myn yffarn."

Fflamiodd Arwyn, â'i wyneb yn troi'n goch. Tynnodd ei sbectol a rhwbio'i lygaid, yn amlwg yn ceisio rheoli'i dymer.

"Wyt ti wedi clywed am Daniel Dean?"

"Beth yw hynny? Jôc?"

"Angus Porter?"

"Y bachan 'na ar y teledu gafodd ei ladd mewn damwen? Beth amdano fe?"

"Mae e wedi marw."

"Odi. Be sy gyda hynny i wneud â hyn?" rhythodd Arwyn yn syn. "Wedon nhw ar y newyddion taw damwen oedd hynny ta beth."

"Oeddet ti'n drist i glywed ei fod e wedi cael ei ladd?"

"Yffach. Pa fath o gwestiwn yw hwnna? Na, do'n i ddim yn yr angladd. Alla i ddim gweud 'i fod e'n un o gwsmeriaid selog y siop."

"Ond roedd e'n haeddu beth gafodd e, on'd oedd e?"

"Chi sy'n gweud hynny, nid y fi."

"Fuodd e ddim yn garedig iawn gyda ni'r Cymry, do fe?"

"Naddo."

"Ac mi wyt ti'n casáu pobl fel fe, on'd wyt ti Arwyn?"

"Casáu? Smo fi'n casáu neb – wel, ar wahân i bobl sy ddim yn talu'u dyledion i Siop y Setl."

"Owen Hughes?"

"Nefoedd! Beth yw hyn? Odych chi'n mynd i feio marwoleth pawb yn y wlad 'ma arna i? Anti Jemeima, Cwm Duad, fydd nesa, myn brain i!"

"Owen Hughes. Dyn ffiaidd. Bradwr i Gymru. Ti ddim yn meddwl?"

"Nagw. Jyst jôc o foi. Yn gwmws fel y jocers eraill sy 'da'r Blaid Lafur yn y shir 'ma. A chyn i chi ddechre, dw i ddim miwn i bolitics plaid y dyddie 'ma. Maen nhw gyd 'run peth – hyd yn oed y blaid fach. Arhoswch funed. Be sy'n mynd mlân fan hyn? Chi'n tynnu fi miwn am fod Llew Lewis wedi'i fwrdro. Ond nawr chi'n dechre sôn am rywun gafodd harten, boi gafodd ei ladd mewn damwen a rhyw Sais dw i erio'd wedi clywed amdano fe."

Anwybyddodd Brynmor gwestiynau Arwyn.

"Ond harten neu beidio, roedd Owen Hughes yn haeddu beth ddigwyddodd iddo fe, on'd oedd e?"

"Nag oedd. Y cyfan fydden i yn ei wneud gyda rhywun fel fe fydde wherthin am ei ben e. 'Na'r ffordd ore i ddial arno fe."

"Dial."

Cododd Brynmor yn ei sedd. Roedd Arwyn wedi yngan y gair hud.

Er hynny, dyna'r tro olaf yn y cyfweliad i'r ddau dditectif lwyddo i ddod yn agos at gael Arwyn i'w gondemnio ei hun. Dyn surbwch oedd y llyfrwerthwr, ond nid oeddwn yn ei weld fel gweithredwr. Nid gweithredwr sobor o leiaf. A rhywun sobor iawn oedd wedi cyflawni llofruddiaethau dieflig y Dialydd.

Ar ben hynny, roedd alibi ganddo am bob un o'r llofruddiaethau. Adeg lladd Angus Porter mi roedd o yn feddw fawr yn y clwb rygbi. Adeg llofruddiaeth Owen Hughes roedd Arwyn yn mynychu cynhadledd llyfrwerthwyr yn Aberystwyth. Adeg trywanu ciaidd Daniel Dean roedd Arwyn yn bresennol mewn gornest chwarae dominos yn nhafarn y pentref. Ei wraig a'i fam-yng-nghyfraith oedd ei alibi ar gyfer noson marwolaeth Llywelyn Lewis.

Felly, am weddill y sesiwn holi, cafodd Arwyn rwydd hynt i gwyno bod yr esgid yn gwasgu, a pha mor anodd oedd rhedeg siop lyfrau Gymraeg yn yr oes hon. Erbyn hyn, gallwn weld fod Brynmor a'r ditectif arall yn dechrau cael digon.

Trechwyd yr heddlu gan ddiflastod.

"Dyna ni. Rwy'n cau 'ngheg nawr rhag ofon i chi gamliwio be rwy'n 'i weud. Rwy wedi cael lond bola. Rwy'n ddyn dieuog. Mae gyda fi alibi am bob nosweth chi wedi gofyn. A nawr mae gyda fi siop i'w hagor. Rwy wedi colli digon o fusnes fel mae bore 'ma. Colli arian da o'ch achos chi."

Cefnogwyd Arwyn gan ei gyfreithiwr a ychwanegodd yn sychaidd a phwysig: "Mae fy nghleient wedi bod yn hynod gydweithredol ac agored gyda chi drwy'r amser. Felly, os nad oes ganddoch chi fwriad i gyhuddo Mr Gwyn, yna rwy'n credu y dylech chi ei ryddhau."

Ar ôl aildrafod manylion alibis Arwyn, a cheisio'i gael i ddatgelu mwy am gymhelliant, daeth y sesiwn groesholi i ben. Diffoddodd Brynmor y peiriant recordio, yna cododd y ddau blismon o'u seddau a cherdded allan. Cyn cau'r drws ar ei ôl, ychwanegodd Brynmor dros ei ysgwydd: "'Dyn ni ddim wedi cwpla gyda ti 'to, Arwyn. Arhosa di."

Roedd golwg wedi blino ar Arwyn; ond roedd golwg wedi ymlâdd yn llwyr ar Brynmor. Ar ôl dod allan o'r ystafell groesholi daeth draw ataf i rannu nodiadau.

"Fydd raid i ni adael e fynd os na chawn ni dystiolaeth gadarnach yn 'i erbyn e," dywedodd gan dynnu cadair i eistedd wrth fy ymyl.

Trwy'r drych gallem weld Arwyn yn troi i drafod gyda'i dwrnai. Teimlai Brynmor a minnau fel dau gyfarwyddwr theatr yn gwylio'r actorion yn ymarfer.

"Am be ti'n meddwl maen nhw'n siarad?" gofynnodd Brynmor.

"Wel, o nabod Arwyn, mi fyswn i'n betio mai rhwbath i'w wneud efo rygbi neu arian ydi testun y sgwrs."

"Ie, dw i'n gwbod fod y drwg i fod yn *banal*, ond os taw hwnna yw'r Dialydd mae'n rhaid bod y drwg yn uffernol o *boring* hefyd," ebe Brynmor gan ochneidio.

"Os mai fo ydi'r Dialydd," dywedais.

"Be ti'n feddwl?"

"Dwn i ddim. Mae petha'n ffitio'n dda. Rhagfarnau am Saeson, gwleidyddion, ffermwyr ac ati. Ond ar 'u pennau 'u hunain dydy'r rheina'n profi dim. Mae naw deg y cant o'r boblogaeth yn rhannu'r un teimladau am wleidyddion a phobl fusnes lwyddiannus."

Erbyn hyn, roeddwn wedi dechrau ail-greu rhai o'r llofruddiaethau ac wedi dechrau llunio darlun cliriach o ffrâm meddwl y llofrudd, ac nid oedd yr hyn a welais o Arwyn Gwyn yn cael ei groesholi wedi fy argyhoeddi ei fod yn euog. Nid oedd dim yn ei gefndir yn awgrymu problemau seicolegol dwys. Mab i weinidog, ei fam yn athrawes. Un chwaer. Yn briod gyda merch leol ac roedd ganddo ddau o blant yn eu hugeiniau cynnar. Dyn normal oedd Arwyn Gwyn ym mhob agwedd o'i fywyd er gwaethaf y cymeriad sur a'i dymer wyllt.

"Ond?"

"Ond mae 'ngreddf i'n deud nad y fo wnaeth. Dydio ddim yn ffitio'r darlun sy gen i yn fy mhen o'r llofrudd. Dydi petha ddim yn taro deuddeg."

"Ers pryd wyt ti'n credu mewn chweched synnwyr?"

"Dydw i ddim."

Ond fedrwn i ddim peidio â meddwl, serch hynny, mai'r chweched synnwyr oedd yr unig arf oedd gennym ar ôl i geisio dal y Dialydd.

XV

Rhiannon awgrymodd y peth, ond nid ei bai hi oedd digwyddiadau'r noson, serch hynny.

Diwedd Rhagfyr oedd hi, y cyfnod hwnnw rhwng y Nadolig a Chalan pan fo'r rhan fwyaf o ddynion yn ceisio dianc rhag eu teuluoedd ar ôl bod yn gaeth yn eu cwmni am ddeuddydd cyfan. Felly, rhag ofn bod yr hen greadur yn teimlo'n unig ar ei Ddolig cyntaf ers yr ysgariad, cynigiodd Rhiannon y dylwn ffonio Brynmor a gofyn iddo a oedd am fynd allan am beint gydag Euros a minnau i Satchmo's.

Trefnwyd i'r ddau ohonom gyfarfod ag Euros yn y clwb nos am wyth o'r gloch nos Wener. Cyrhaeddodd Brynmor a minnau yn brydlon. Roedd y waliau yn blastar o luniau du a gwyn o Louis Armstrong yn gwenu fel cath. Cerddodd y ddau ohonom draw at fwrdd lle'r oedd Euros eisoes yn eistedd yn gwrando ar griw o gerddorion yn trio eu gorau glas i greu naws trwy ganu fersiwn herciog o 'Round Midnight'.

Pan welodd Euros ein bod wedi cyrraedd, cododd o'i sedd a dod draw i ysgwyd llaw â Brynmor a'i gyfarch yn wresog.

"Gaf i'r rownd yma, bois, chewch chi ddim tynnu coes y Cardi wedyn," cyhoeddodd Euros gan barhau i ysgwyd llaw gyda Brynmor. Nid oedd wedi ei weld ers blynyddoedd ac ar unwaith dechreuodd y ddau sgwrsio am yr hen ddyddiau.

"Stella i mi, felly," atebais.

"A Sbeshyl Briw i fi. Diolch," ebe Brynmor.

Ar y dechrau aeth pethau'n eithaf hwyliog, ond ni wnaeth hynny barhau yn hir. Rywsut, trodd y sgwrs at ddaliadau bore oes a sut mae pobl yn newid wrth fynd yn hŷn.

"Siaradwch chi drosoch chi'ch hunen, bois, ond dw i ddim wedi newid dim."

"Ond Brynmor," holodd Euros, "sut alli di barhau'n sosialydd a tithe'n gweithio i heddlu'r Goron? Dyw e ddim yn gyson."

"Rwy'n dal i gredu mewn egwyddorion sosialaidd, a does dim anghysondeb rhwng hynny a gweithio yn y ffôrs."

"Beth am brotestiadau'r Gymdeithas a streic y glowyr?"

"Cwnstabl oeddwn i bryd 'ny. Ond wy'n cofio bod ar y llinelle piced yn y cwm, ac roedd lot ohonon ni yn cydymdeimlo gyda'r bois oedd ar streic. Fuodd 'na ddim gwrthdaro yn y llefydd fues i. Ond ti'n iawn, ro'n i jyst â gadael bryd 'ny. Mae lot llai o ddefnyddio'r heddlu mewn ffordd bolitical fel 'na erbyn heddi."

"Na. Cael dy iwso oeddet ti bryd hynny, a chael dy iwso wyt ti heddi hefyd."

Symudodd y sgwrs ymlaen i drafod pethau eraill, ond roedd yr awyrgylch yn mynd yn fwyfwy annifyr ac erbyn y pumed peint roedd y sgwrs wedi troi at yr argyfwng rhyngwladol. Euros oedd yn traethu.

"Fydde 'na ddim sôn am yr heddwch ym Mhalesteina oni bai fod y terfysgwyr wedi gwneud beth wnaethon nhw. Dw i ddim yn gweud 'mod i'n cytuno gyda'u dullie nhw, ond mae hynny'n ffaith."

"Ffasgwyr 'yn nhw. Ffasgwyr Islamaidd. Nefoedd, mae pobl fel ti yn 'neud fi'n grac. Sofft liberals 'ych chi, ishe

rhoi miwn i'r ffasgwyr. Chi gwmws fel Chamberlain a
Toris crachaidd Lloegr cyn yr Ail Ryfel Byd. Rhoi mewn i
fwlis fel Hitler a'i gang."

"Na, ti'n anghywir, Brynmor. Dw i wedi byw gyda'r bobl
yma. Dw i wedi gweld shwd maen nhw'n gorfod crafu
bywoliaeth. Dim Ffasgwyr 'yn nhw ond pobl heb obeth,
a'u cefne yn erbyn y wal."

Roedd y tensiwn rhwng y ddau yn annioddefol, felly
cynigiais sylw diniwed.

"Rhywbeth yn debyg i ni'r Cymry," awgrymais.

Chwerthin wnaeth Euros.

"Wel, mae 'na un gwahaniaeth bach," atebodd, "mae
gyda nhw lot mwy o asgwrn cefen."

"Yffach, pwy wyt ti'n meddwl wyt ti, was?"

Cododd Brynmor ar ei draed yn flin a syllu'n ddig ar
Euros. Am eiliad meddyliais ei fod am ddechrau ymladd
ond, trwy drugaredd, nid dyna ddigwyddodd.

"Wy'n mynd am bisiad," meddai gan fartsio'n feddw
gynddeiriog i'r tŷ bach.

"Yffach, 'se'n well 'sen i wedi aros gytre neu whare tipit
'da'r bois yn y pentre!" ebychodd Euros. "O'n i ddim yn
gwbod dy fod ti'n ffrindie da seicos. Beth wyt ti'n ei wneud
gyda fe? Astudiaeth achos i'r adran seicoleg? Be ddiawch
sydd wedi digwydd iddo fe mewn chwarter canrif?"

"Straen tor-priodas. Straen y job. Pwy a ŵyr? Mae
ganddo fo achos eithaf anodd ar y gweill ar hyn o bryd."

"Wyt ti'n gwbod rhywbeth am hynny 'te?"

"Na. Dim ond ei fod o'n un pwysig i'r awdurdoda."

"Wel, pawb â'i broblem. Ti moyn peint arall?"

"Na, dim am funud, diolch."

Un peth trawiadol am Euros oedd ei allu i glecian
peintiau heb ddangos unrhyw arwyddion o feddwdod.
Yfai fel pysgodyn ond medrai ymddangos mor sobor â

sant ar ddiwedd noson. Priodolai yntau'r ddawn i'w deithiau rownd y byd, a system fetabolaidd gyflym ei gorff.

Gyda Brynmor yn absennol, roedd yn rhyddhad mawr i mi allu troi'r drafodaeth i gyfeiriad llawer brafiach.

"Ti'm yn meddwl mai ar ddisg mae goreuon jazz bellach?" gofynnodd Euros. "Er cymaint mae pobl fel y band 'ma heno'n trio, fydd neb gystal â'r mawrion fel Coltrane, Miles, Parker, Armstrong ac Ellington. Welwn ni ddim mo'u tebyg nhw eto. Yn y gorffennol mae'r dadeni, edrych 'nôl yw'r unig beth allwn ni 'i wneud."

"Mae'n rhaid i ti gael gobaith, ffydd, neu beth bynnag yr wyt ti am 'i alw o – rhaid i ti obeithio y daw Ellington neu Miles arall heibio."

"Falle dy fod ti'n iawn, ond fe fydden i wedi bod wrth fy modd gallu gweld y mawrion wrthi pan oedden nhw ar 'u gore. Dychmyga weld Bird, Trane neu Miles yn whare yn Manhattan neu Baris. Y distawrwydd yn lledu rownd y lle wrth iddyn nhw ddechre whare, pawb yn canolbwyntio, neb yn cynne sigarét, y gwin heb 'i dwtsh ar y bwrdd. A dychmyga wynebe'r gynulleidfa – hyd yn oed y rhai mwya diobaith a diflas – wrth iddyn nhw glywed y miwsig a theimlo bod rhyw oleuni yn y byd o hyd."

"Ti'n disgrifio'r profiad yn fwy fel cwrdd gweddi Crynwyr na noson mewn clwb nos!" dywedais. Eto i gyd, roedd disgrifiad Euros mor fyw nes gallech chi daeru ei fod wedi bod mewn noson o'r fath mewn gwirionedd.

"Ew, mae Brynmor yn hir yn y lle chwech. Mae o wedi bod i ffwrdd ers hydoedd."

"Dw i ishe mynd fy hun," meddai Euros. "A' i draw i weld beth sy'n 'i gadw fe."

Cododd ac anelu am y tai bach.

Welais i ddim beth yn union a ddigwyddodd yno, ond fe gefais i'r hanes gan y ddau arall wedyn. Mewn rhyw bum munud fe ddychwelodd Euros a Brynmor. Roedd talcen a thrwyn Brynmor yn waed i gyd, ac fe afaelai Euros yn ei fraich, gan ei hebrwng i'w sedd.

"Be uffar ddigwyddodd i chi?" gofynnais yn syn, yn hanner ofni bod y ddau wedi bod yn ymladd.

Adroddodd Euros yr hanes am y modd yr oedd wedi tarfu ar dri o lanciau yn ymosod ar yr heddwas. Roeddynt wedi gafael ynddo o'r tu ôl ac wedi taro'i ben yn erbyn basnau ymolchi'r toiledau ac yna wedi ei fwrw i'r llawr a dechrau ei gicio. Camodd Euros i mewn i'r ffrwgwd er mwyn achub Brynmor a llwyddodd i daflu dau o'r dynion i'r llawr a chodi Brynmor ar ei draed cyn ceisio ymrafael â'r trydydd o'r ymosodwyr. Erbyn hynny, fodd bynnag, roedd y tri wedi'i heglu hi oddi yno.

Gofynnais i Brynmor pam eu bod nhw wedi pigo arno ef.

"Trio'u lwc, wy'n credu," atebodd. "Doedd neb yn y tŷ bach ar wahân i fi a nhw. Falle 'u bod nhw ffansïo'u siawns o ddwgyd arian neu rwbeth. Ond gethon nhw ddim byd, chwaith."

"Sut uffar wnest ti gael y gorau arnyn nhw?" holais Euros.

"Rhyw dric neu ddou ddysges i mas yn y Dwyrain Pell!"

Yn amlwg, roedd Euros yn ddyn defnyddiol ar y naw i ddod i'r adwy os oeddech chi mewn cornel gas.

"Diolch," meddai Brynmor. "O'dd gormod ohonyn nhw i fi gymryd mlân ar 'mhen 'yn hunan. Shwd alla i dalu 'nôl i ti?"

"Arnot ti un i fi," atebodd Euros gan godi ei ddiod mewn llwncdestun. "Blwyddyn Newydd Dda!"

XVI

A C YNA Y BYRAWD LLEW EF A'R PAR AC Y GUANT Y LLECH DRWYDI, AC YNTEU DRWYDAW, YN Y DYRR Y GEUYNN.

Mi wyt ti wedi bod yn ei stelcian ers wythnosau. Mi wyt ti wedi treulio blynyddoedd yn ei wylio yn gweithio'n ddiflino i ddringo ysgol gyrfa. A bellach, rwyt ti wedi treulio sawl noson yn ei wylio yn mynd trwy ei bethau ym mar y clwb golff.

Mae Aled Penlan yn hoffi bod ynghanol y sylw. Un fel yna fuodd o erioed – os nad oedd yn cael bod yn ganolbwynt y cwmni, yna mi fyddai'n dweud neu'n gwneud rhywbeth ysgubol er mwyn mynnu sylw pawb.

Dyna oedd y sbardun y tu ôl i'w benderfyniad i fynd yn gynghorydd ar ran y blaid genedlaethol. Cyn hynny, bu'n flaenllaw yn sefydlu rhwydwaith o fentrau dot-com lleol mewn ymgais i ddenu arian Amcan Un i'w nyth. Pan gododd pobl eu llais am fewnlifiad ac argyfwng ardaloedd gwledig, ef oedd y cyntaf yn y ciw i geisio manteisio ar y sefyllfa i gael mwy o arian ar gyfer cynlluniau amheus ei gyfeillion, ac i ychwanegu at elw ei gwmni darparu cyngor cychwyn busnes – a gwneud hynny dan gochl creu swyddi i Gymry Cymraeg lleol.

Wyt ti'n ei gofio fo'n meddwi cariad ei ffrind gorau ac yn cysgu gyda hi, ac yna'n cerdded i ffwrdd a gadael llanast ar ei ôl? Mae'n siŵr dy fod ti. Mae pethau felly'n bwysig i ti.

Bradwr.

I ti, mae'r personol a'r cyhoeddus yn ddrych o'i gilydd. Wyt ti'n cofio fo'n y coleg ers talwm yn cymryd gorddos o gyffuriau, a threulio mis yn yr ysbyty yn dod ato'i hun, ac yna cael ei wneud yn flaenor yn hen gapel ei daid yn y dref ymhen cwta dwy flynedd?

Twyllwr.

Bellach, mae'n gynghorydd dylanwadol ac yn aelod amlwg o'r clwb golff. Y clwb hwnnw fu'n gyfrwng iddo gyfarfod â Charles Marcher-Lord, Cadeirydd Marcher Developments, Caer, cwmni llwyddiannus ym maes datblygu stadau tai, marinas a pharciau hamdden. (Darlun ffug yw hynny fod bynnag; mewn gwirionedd mae gan Marcher-Lord res o fusnesau a methdaliadau y tu ôl iddo, ond ymserchodd Aled cymaint yng ngrym y Sais fel na thrafferthodd ddarganfod hynny.)

Roedd hen fflatiau ar lan y môr yn y dref, a thrwy gydweithio effeithiol llwyddodd Aled i ddrysu cynlluniau'r Cyngor Sir i droi'r fflatiau'n Westy Arlwyo safonol yn cael ei redeg gan gwmni cydweithredol o Gymry lleol. Gadawyd naw mis i fynd heibio cyn cyflwyno cynnig i brynu'r fflatiau a'u troi'n fflatiau gwyliau moethus.

Er bod codi fflatiau gwyliau fel hyn yn groes i bolisi cynllunio ei Gyngor ei hun, llwyddodd Aled i lywio'r cynnig heibio Pwyllgor Tai a Chynllunio'r cyngor a chyrraedd y lan heb i neb sylwi.

Mi wyt ti'n gwybod hyn i gyd, ac wedi ymgyfarwyddo gyda'i batrwm wythnosol.

Heno, fel pob bwrw Sul, mae'n mynd gyda'i gyfeillion yn y côr meibion i'r clwb golff, am rownd ar y cwrs a thonc yn y bar.

Bob nos Sadwrn yn y clwb golff mi wyt ti wedi'i wylio yn yr ymryson emynau. Dau gôr meibion sydd yno yn herian ei gilydd i gofio geiriau rhai o emynau mawr y Gymraeg. Mi wyt ti yno yn edrych ar y dynion canol oed blonegog yn mynd trwy eu stumiau *macho*. Peint mewn llaw, ac emynau'r mawrion yn ddiystyr ar eu gwefusau. Heb yr un iot o hunan-barch yn perfformio o flaen y dyn busnes main o Gaer ac yn fflyrtian gyda'i wraig – y flondan mewn sodlau uchel a sgert gwta sydd ymhell dros ei deugain ond sy'n ceisio edrych fel 'tase hi'n ddeunaw.

Yma yn y clwb golff mae'r Cymro sydd mor uchel ei gloch gyda'i bobl ei hun yn y cyngor a'r capel, yn wasaidd efo'r Saeson cefnog.

"Eim siwr ddat owr ffrends ffrom ofer ddy border wd leic to hiyr ys singin a ffew hums ffrom ddy land of song. Beth amdani, hogia? Ymryson emynau i ddangos i Mr Lord pa mor dda 'dan ni'r Cymry am godi'r to?"

Ac mae'r gêm yn un ddifyr. Mae criw un côr yn cychwyn emyn a thasg y criw arall yw ei gorffen. Pa bynnag gôr sy'n methu cofio'r geiriau sy'n prynu rownd o ddiod i holl aelodau'r côr arall.

Mae Aled yn gwahodd y côr arall i osod emyn ar eu cyfer.

"Un hawdd i gychwyn, cofiwch."

"O! Iesu mawr, rho d'anian bur
I eiddil gwan mewn anial dir,
I'w nerthu drwy'r holl rwystrau fry
Ar ddyrys daith i Gaaanaaan syyy…"

"Na, 'rhwystrau sy… i'r Ganaan fry'! Felly, peint i ni."

Ar hynny ceir bonllef o gymeradwyaeth gan gôr y gelyn. Rhaid i Aled a'i gyfeillion wneud yn well tro nesaf.

Mi wyt ti yno yn eu canol nhw'n rhywle yn myfyrio ac yn astudio. Y dynion canol oed yma sydd wedi dianc oddi wrth eu teuluoedd am noson, a dianc oddi wrth eu cyfrifoldebau am oes. Yn swyddogion, athrawon, dynion busnes bach a darlledwyr. Mae dy ddirmyg yn llwyr tuag at ddiffyg menter y dosbarth canol ymwybodol yma. Y dosbarth sydd mor hoff o fod yn 'ymwybodol' pan fo hynny'n eu siwtio nhw. Dyna lle maen nhw yn eistedd fel ieir yn gori ar eu harian mawr yn y clwb golff yn lle ei ddefnyddio i adfywio a thrawsnewid ac adfer y Fro Gymraeg.

"Wele'n sefyll rhwng y myrtwydd
Wrthrych teilwng o'm holl fryd..."
"Damia'i, mae'r hen Ann wedi mynd..."
"Efo pwy, sgwn i!"
"Ar y lysh!"

Wrth i'r corau suddo'r peintiau, mynd yn fwy a mwy di-chwaeth wna'r sgwrs; ac mi wyt ti'n gwylltio ac yn tyngu dial ar y pen-rhagrithiwr.

Ond nid heno. Mi wyt i'n gwybod y bydd o 'nôl ar y cwrs brynhawn yfory ar ôl bod yn y capel; bryd hynny mi fyddi di'n taro'n ôl.

Felly, y diwrnod canlynol, mi wyt ti'n codi'n gynnar ac yn croesi'r caeau sy'n ffinio'r cwrs at y llwyni gerllaw'r coed derw gerllaw'r unfed twll ar ddeg. Wedi tynnu dy het lydan a diosg dy glogyn, mi wyt ti'n plygu yn dy gwrcwd i aros am dy brae yn dy ddillad cuddliw gwyrdd a brown. Mi wyt ti'n gwybod y bydd wedi bod yn y clwb yn ôl ei arfer yn cael cinio dydd Sul, ac efallai y bydd ychydig yn hwyr. ond nid oes ots am hynny. Mae gen ti ddigon o amser.

Ymhen ychydig, mi wyt ti'n gweld dau siâp cyfarwydd yn paratoi i daro'r bêl ar y tî. Un tew ac un tenau. O bell maen nhw'n edrych yn ddigri ac yn anghymarus, Laurel a Hardy Clwb Golff Penlan.

Mae'r siâp tew yn dewis ei haearn ac yn paratoi i daro'r bêl. Mi wyt ti'n codi'r reiffl ac yn ei gosod yn gyfforddus i bwyso yn erbyn dy ysgwydd. Fydd hi ddim yn hir nawr. Mi wyt ti'n edrych drwy'r lens telesgopig ac mae'r faner ar y llain werdd ynghanol llun y lens. Mi wyt ti'n symud y gwn ac yn edrych ar weddill y llain werdd. Mae un bêl eisoes wedi cyrraedd. Ergyd arbennig o dda, hefyd, ac mae wedi glanio yn agos at y twll. Rwyt ti'n amau nad Aled darodd honno. Mi wyt ti'n iawn gan fod y bêl nesaf yn glanio reit ar ymyl y grîn.

Mae'r ddau ffigwr yn cerdded draw. Pwy yw'r golffiwr arall tybed? Mi wyt ti'n taro golwg sydyn arno trwy'r telesgôp, ac mae dy galon yn llamu. Charles Marcher-Lord sydd yno. Am eiliad mi wyt ti'n ystyried anelu ato yntau hefyd; byddai hynny'n lladd dau aderyn ag un garreg. Rhaid i ti bwyso a mesur dy gyfle yn sydyn. Oes gen ti ddigon o amser i saethu ail ergyd? Mi wyt ti'n penderfynu peidio â newid y cynllun, a glynu wrth dy fwriad gwreiddiol. Er cymaint y demtasiwn i lorio'r datblygwr o Gaer, mi wyt ti'n ymfalchïo yn dy hunan-ddisgyblaeth lem.

Mae Aled Penlan ar y llain, yn codi'r faner ac yn chwerthin a sgwrsio gyda'r Sais, wrth i hwnnw fynd ati i daro'r bêl i'r twll.

Wrth afael yn y dryll a byseddu'r triger mi wyt ti'n sylweddoli fod hyn yn mynd i fod yn hawdd. Mae siâp boliog Aled Penlan yn mynd i wneud y gwaith yn syml. Yn haws o lawer na hela adar. Am eiliad, mi wyt ti'n oedi, yn teimlo fel Lleu gynt yn barod i daflu'r waywffon i drywanu Gronw Pebr, y twyllwr disylwedd, a hollti'r llech.

Mae Charles Marcher-Lord ar fin taro'r bêl ac mae Aled yn sefyll yn llonydd gyda'r faner yn ei law. Mi wyt ti'n gwasgu'r triger. Mae sŵn y glec yn dychryn yr adar o'r coed gerllaw, ac mae Aled yn syrthio'n llipa ar garped gwyrdd y llain.

Cyn pacio'r gwn a hel dy draed fedri di ddim peidio ag edrych eto ar yr olygfa. Y datblygwr main yn edrych fel drychiolaeth a'i wyneb yn welw fel y galchen, yn sgrechian dros bob man wrth weld y gwaed yn llifo'n wyllt o benglog Aled gan dasgu'n ffrwd goch dros y gwair gwyrdd.

Sut wyt ti'n teimlo nawr fod y dial wedi'i wneud? Boddhad? Digon posib. Edifeirwch? Go brin. Ond efallai fod gen ti ryw ymdeimlad o siom. Bu'r lladd yna'n rhy hawdd.

Ond nawr bydd raid i ti frysio os wyt am ddianc yn saff. Nid drwy ruthro, ychwaith, mae dianc yn ddiogel. Yn bwyllog a lladradaidd, mi wyt ti'n gadael dy neges yn yr amlen ar waelod y dderwen. Wedyn, gan fanteisio ar y cynnwrf, rwyt yn cropian drwy'r llwyni ac yn croesi'r caeau i ddiogelwch.

XVII

Bu pethau'n hynod o dawel rhwng y Nadolig a'r Pasg. Dechreuodd y gwanwyn ar nodyn gobeithiol o ran y tywydd hefyd. Am y tro cyntaf ers misoedd cawsom wythnos neu ddwy heb law. Ac roedd oerfel sych ac awyr las diwedd Mawrth yn braf, yn union fel cael rhyddhad o garchar tywyll ar ôl blynyddoedd o fod dan glo. Treuliais fwrw Sul y Pasg yn chwarae allan yn yr awyr iach gyda'r plant.

Ar y nos Sul, serch hynny, fe dorrodd y tywydd sych pan ddechreuodd hi fwrw cenllysg yn drwm, ac fel pe bai ffawd am ategu'r newid cyweirnod, fe ganodd y ffôn.

Brynmor oedd yno.

"Mae'n ffrind ni wedi gweud blwyddyn newydd dda wrthon ni o'r diwedd. Yn y gogledd tro 'ma, yn gwmws fel ro'n i'n amau. Gogledd, De, Gogledd, De, Gogledd. De fydd hi nesaf 'te. Dere draw i'r swyddfa bore fory ta beth," meddai Brynmor gan ochneidio'n ddistaw, fel pe bai'n derbyn y ffaith na fyddem fyth yn llwyddo i rwydo'r Dialydd.

Y diwrnod canlynol roeddwn yn swyddfa Brynmor yn pori drwy'r ffeiliau diweddaraf.

Ar gyfer ei lofruddiaeth ddiweddaraf yr oedd y Dialydd wedi dewis dull mwy clinigol o lawer; yr oedd y canlyniad yr un mor waedlyd, serch hynny. Bwled wedi'i saethu o bellter o ddau gan llath o ddryll calibr uchel. Reiffl *sniper* Barett M82A1. Lladdwr effeithiol. Arf a ddefnyddiwyd gan derfysgwyr yng Ngogledd Iwerddon, De America a'r Dwyrain Canol.

Chwalwyd penglog ac ymennydd Aled Roberts dros lain werdd clwb golff Penlan. Y prif dyst oedd Marcher-Lord, dyn busnes o Gaer oedd yn chwarae golff ar y pryd gydag Aled Roberts, neu Aled Penlan fel oedd pawb yn ei nabod o. Nid oedd hwnnw wedi gweld dim, serch hynny, gan iddo ddioddef y fath sioc enbyd nes methu cofio dim am y digwyddiad tan yr adeg y cyrhaeddodd yr ysbyty.

Roedd tystion wedi gweld rhywun mewn het lydan a chlogyn du yn cerdded yn benderfynol ond pwyllog allan o'r llwyni ger y pymthegfed twll. A phan aeth swyddogion yr heddlu yno, canfuwyd amlen frown dan sêl oedd yn cynnwys dyfyniad o'r bedwaredd gainc. Adrodd hanes Lleu yn dial ar Gronw Pebr am gysgu gyda Blodeuwedd a chynllwynio i'w ladd oedd y dyfyniad. Gorfodwyd Gronw i sefyll ar lechen ac yna fe'i trywanwyd gan waywffon wedi'i thaflu gan Leu. Yn yr un modd y lladdwyd Aled Roberts gan ddryll y Dialydd.

Cynghorydd annibynnol oedd Aled Penlan a chadeirydd Pwyllgor Cynllunio'r Cyngor. Delwedd Cymro diwylliedig a gwladgar oedd ganddo – yn llywydd sawl eisteddfod leol, ac aelod o Orsedd y Beirdd. Bu'n aelod o grŵp Plaid Cymru ar y cyngor sir, ond cafwyd ffrae fewnol pan fethodd ddod yn ymgeisydd seneddol ar ran y blaid a gadawodd i ymuno â grŵp o gynghorwyr annibynnol.

"Pwdu wnaeth e," datganodd Brynmor. "Meddwl ei fod e'n bysgodyn mwy nag oedd e. Mae digon o'i deip e i gael yn y wlad fach 'ma."

Arllwysodd baned o goffi Maxpac chwilboeth i mi.

"Fe gododd y bobl gwrth-derfysgaeth 'u clustie pan glywon nhw am y dryll Barett. Un o hoff arfe *snipers* proffesiynol yw hwnna. Felly, maen nhw ar dân ishe wpo'u trwyne miwn, ac yn dechre sôn am nashnyl seciwriti. Synnen i damed tyse nhw'n trio cymryd yr achos dan 'u haden nhw 'u hunen cyn bo hir. Ac wedyn mae gyda ti'r wasg yn dechre gweld cysylltiad rhwng y marwolaethau od 'ma, ac yn sgrechen am fwy o wybodaeth. Yffach, mae'n teimlo fel tyse'r byd ar 'y nghefen i, Mathew bach."

Tynnodd wyneb a chodi o'i sedd. Aeth at y ffenestr a syllu allan ar y llen o law oedd yn sgubo dros y dref.

"Ti sy'n iawn am Arwyn Gwyn hefyd. Mae gyda fe yffach o alibi'r tro yma."

"Be, 'lly?"

"Dou o'n bois ni yn ei ddilyn ers wthnose. Fe dapion ni ei ffôn e, a rhoi byg yn ei siop e hefyd. Dim. Mae e'n lân fel yr angel Gabriel. Gyda'i ffrindie yn y clwb rygbi drwy'r penwthnos. Roedd ein bois ni gyda fe yn yfed drwy nos Sadwrn ac yn ei wylio fe tan amser cinio dydd Sul."

"Felly dydy Arwyn ddim dan amheuaeth bellach?"

"Nag yw. Yn swyddogol o leia – er bod rhwbeth uffernol o od am y boi os ti'n gofyn i fi," ebe Brynmor gan duchan. "A mae mwy o newyddion drwg 'da fi hefyd. Daeth ail adroddiad y bois fforensig mewn bore 'ma am lofruddiaeth Llywelyn Lewis. Dim olion bysedd. Dim olion DNA. Byger ôl. Mae e'n gwmws fel ysbryd. Yn gallu mynd miwn a mas o lefydd heb adel dim ar ei ôl. A betia i di na fyddan nhw yn y gogledd yn gallu ffindo dim arno fe chwaith."

"Ond," ychwanegodd gan barhau i syllu allan ar yr olgyfa wlyb y tu allan, "mae gyda ni un llygedyn bach o oleuni bach. Doedd dim siârs gan y boi Penlan 'ma yn Eagle Industries, ond mae... mi oedd gyda fe gyfranddaliade mewn cwmni o'r enw Condor Systems."

"Be maen nhw'n ei werthu?" gofynnais.

"Meddalwedd ar gyfer taflegre sy'n cael 'u harwain at y targed gan system loeren. Ac maen nhw'n is-gwmni i

Eagle, a newydd ennill contract gwerth miliyne fel un o brif gyflenwyr y Pentagon."

Arllwysodd Brynmor ei baned ar ben planhigyn gwywedig ar sil y ffenestr.

"Yffach, mae'r coffi 'ma'n mynd yn fwy wherw bob dydd. Yn gwmws fel fi."

"Mi fyddi di wedi lladd y blodyn pry cop 'na os na fyddi di'n ofalus."

"Wyt ti'n agosach i'r lan gyda dy bictiwr o'r Dialydd? Achos mae'n teimlo ei fod e'n ein cael ni i redeg rownd mewn cylchoedd. Odyw'r achos newydd 'ma'n adio rhywbeth?"

"Ddim llawar, mae gen i ofn. Mae o wedi defnyddio dyfyniad o'r gainc olaf, ond does dim patrwm clir yn y pethau hyn ac eithrio'r un daearyddol. Mae fel petai o'n chwarae rhyw gêm efo ni. Un funud mae yna batrwm yn y llofruddiaethau a'r funud nesaf does 'na ddim patrwm."

"Neu mae e'n newid y patrwm," awgrymodd Brynmor.

"Ia, fel rhan o'i gêm. Un funud mae'r patrwm yn glir fel gola dydd, funud nesaf mae'n nos eto."

"Neu falle nad oes 'na batrwm. Falle 'i fod e jyst mas o'i ben."

"Na," atebais yn bendant. "Rwy'n argyhoeddedig bod yna batrwm. Tu ôl i'r digwyddiadau hyn mae yna gynllunio manwl, pwrpasol. Mae yna reswm i'r ffaith 'i fod o'n defnyddio'r Mabinogi. Mae'r allwedd yno i bopeth, dim ond i ni ddeall y patrwm."

"Dal ati, 'chan. Mae'r crwner wedi rhyddhau beth sydd ar ôl o gorff Mr Lewis y ffarmwr ta pun, ac mae'r angladd prynhawn fory."

Eglurodd ei fod am fynd i'r angladd er mwyn cymysgu gyda'r galarwyr. Un diben amlwg oedd dangos cefnogaeth i'r teulu ond hefyd gallai edrych i weld pwy oedd wrth lan y bedd. Rhag ofn bod y Dialydd yn adnabod yr ymadawedig a'i fod yno ei hun.

"Ti byth yn gwybod, mae e'n ddigon llawn o'i hunan i 'neud rhywbeth fel 'ny."

Na, nid rhywun prin o hyder oedd y Dialydd.

***

Ar y Sadwrn dilynol roedd Rhiannon wedi trefnu i dreulio'r dydd yng nghynhadledd Cymdeithas Cyfieithwyr y Gwledydd Celtaidd yn Aberystwyth. Roedd hi allan mor aml teimlai weithiau fel pe bai ar daith barhaus o gwmpas Cymru.

Duw a ŵyr am beth y maen nhw'n sôn mewn cynadleddau o'r fath. Beth sydd yna i'w drafod mewn maes fel cyfieithu? Cymharu rhegfeydd o ynysoedd Iwerddon efallai. Inis Màn ac Inis Bór. Mynd yn amddiffynnol fyddai Rhiannon pan fyddwn yn mynegi rhagfarnau o'r fath.

"Mae cymaint o werth i'n cyfarfodydd ni â dy falu awyr seicolegol niwlog damcaniaethol di."

Beth bynnag, fy ngwaith tadol am y diwrnod oedd gofalu am y plant a cheisio meddwl am rywbeth difyr i'w wneud gyda'r ddau. Awgrymais y gallem fynd i weld ffilm ar ôl cinio. Gwrthryfelodd yr hynaf, trwy ddweud fod cartŵns yn rhy fabïaidd iddo ef. Gwyddwn y byddai'n mwynhau yn iawn ar ôl cyrraedd, felly, wedi dwyn ychydig mwy o berswâd, ac addewid o fynd i weld y gêm rygbi ryngwladol nesaf yn Stadiwm y Mileniwm, cydsyniodd. Yn y diwedd, ar ôl galw am wasanaeth helmedau glas lluoedd cadw heddwch y Cenhedloedd Unedig, cafwyd cyfaddawd.

Roeddem i flasu'r profiad modern o siopa, bwyd ac adloniant *global*.

Os oedd y plant yn fodlon dod gyda mi i'r ganolfan siopa

a'r archfarchnad yn y bore mi roeddwn i'n barod i fynd â nhw i gael cinio yn McDonald's ac yna mynd i'r sinema i weld y ffilm ganol prynhawn.

"Ond da chi, peidiwch â deud wrth Mam eich bod chi wedi cael bwyd yn McDonald's, neu mi fydd hi am fy ngwaed i."

Pe bai Rhiannon yn cael clywed am hynny fi fyddai'r tjicyn mcnyget nesaf! Byddai fel cacynen mewn bys coch yn pregethu am bwysigrwydd glynu wrth egwyddorion ecolegol a byw'n wyrdd.

Profiad rhyfedd mae pawb yn ei gael heb feddwl ddwywaith yw siopa yn y siopau anferth yma. Mae pob peth dan haul y nef yno. Tesco Bangor, Safeway Wrecsam, Asda Castell-nedd, ac ati. Pob un yn unffurf gyda'r un dewis helaeth o fwydydd a nwyddau. Pob un â'i sloganau diffuant agos-atoch yn addo y byddant yn gwneud pob dim i'ch helpu i ysgafnhau'r baich a gwneud i fywyd flasu'n well. Mi allech chi fod yn unrhyw un o'r siopau yma ac mi fyddai'r profiad siopa fwy neu lai yr un fath. Mi allech chi fod ar Tesco'r blaned Zog yng ngalaeth Andromeda ac mi fyddai'r profiad siopa yr un fath â Sainsbury's Abertawe.

Rwy'n siŵr i mi weld un o'm cyd-ddarlithwyr o'r Adran Ieithyddiaeth yn mynd am ei drydydd cyri yn y cynnig Stwffio'ch Bol yn Ddi-stop!

Er hynny, wrth wthio'r troli 'nôl a blaen i fyny ac i lawr ar hyd yr archfarchnad, cordeddai llinynnau fy meddwl o gwmpas y Dialydd. Dal i geisio gweld y patrwm yn y lladdfeydd oeddwn. Os mai trefn y llofruddiaethau oedd: y gainc gyntaf, y drydedd, y bedwaredd ac yna'r ail; ai dull o ladd o'r drydedd gainc fyddai nesaf? Hyd yn oed wedyn doedd y patrwm ddim yn eglur i mi.

"Dad?" holodd Rhys. "Wyt ti wedi edrych ar

'Imperium' heddiw?"

"Naddo, pam?"

"Wel," dywedodd Rhys yn llawn balchder cadfridog llwyddiannus mewn ymgyrch filwrol, dw i wedi cipio Jerwsalem oddi wrthot ti."

"Llongyfarchiadau, syr!"

"A dw i wedi amgylchynu Paris, a hefyd mae gen i ddwywaith yn fwy o arian yn y banc na ti!" cyhoeddodd gan rwbio'i ddwylo a gwenu'n fuddugoliaethus.

Doedd dim modd cystadlu gyda'r plant mewn gêmau fel hyn. Roedd Rhys, yn enwedig, yn bencampwr ar y gêm. Bellach, roedd yr ysgrifen ar y mur i'm gobeithion o greu ymerodraeth gyfrifiadurol.

"Dad?" holodd Elin. "Gawn ni fynd i gael byrgar? Dw i'n llwgu."

"Iawn, yn y funud. Dw i bron â gorffen y neges, dal dy ddŵr."

Ymlaen yr aethom, fel gweddill y cwsmeriaid gyda'u cardiau plastig ffyddlon, i'n tynged yn y man talu.

Nid wyf yn cyfrif paranoia ymysg nodweddion amlycaf fy nghymeriad, ond roedd y car amheus a'n dilynodd o noson Aberhenfelen, a'r galwadau ffôn anhybsys yn cynyddu'r pryder yn fy meddwl. Efallai mai cwmni'r plant oedd yn fy ngwneud yn fwy bregus nag arfer – mae bod yn rhiant yn gwneud hynny i chi – ond wrth gerdded drwy'r ganolfan siopa gallwn daeru bod rhywun yn ein dilyn.

Bob hyn a hyn byddwn yn oedi i edrych yn ffenestr rhyw siop neu'i gilydd ac yn edrych ar yr adlewyrchiad i weld pwy oedd y tu ôl i ni. Fe wnes i hynny ryw bedair gwaith i gyd ond welais i neb amheus, ar wahân i hen ŵr gwargam â locsyn brith a llafnau ifanc mewn capiau pêl-fas wedi'u gwisgo tu chwith yn ei herian.

Er hynny, roeddwn yn reit falch o gael llochesu gyda'r plant yn hafan Ronald McDonald. Buan iawn y diflannodd y rhyddhad, fodd bynnag, ar ôl blasu'r bwyd. Edrychai'r byrgar fel rhywbeth oedd wedi cael ei fwyta'n barod a'i roi yn ôl at ei gilydd cyn ei weini mewn bap. Blas tebyg oedd iddo hefyd.

Ond roedd y plant yn mwynhau, ac ar y diwrnod hwnnw roedd hynny'n ddigon da i mi.

Ar ôl cinio aeth y tri ohonom i'r sinema chwe sgrîn. Ffilm gomedi oedd yr arlwy, sef addasiad cartŵn o chwedl y Brenin Arthur – y Simpsons yng Nghamelot.

Setlodd y tri ohonom yn ein seddau a chyn hir dechreuodd y ffilm i sŵn bodlon plant yn cnoi da-das wrth fy ymyl.

Pan fyddaf yn mynd gyda'r plant i'r sinema, rwy'n tueddu i ddwdlan yn fy mhen a dadansoddi cymhellion ac arwyddocâd seicolegol y golygfeydd. Y diwrnod hwnnw, fodd bynnag, roedd fy mhen yn llawn o ddamcaniaethau am batrwm gweithredoedd y Dialydd.

Bart Simpson oedd Myrddin y dewin dewr ond gwirion, Homer oedd y Brenin Arthur a Marge, wrth gwrs, oedd Gwenhwyfar. Mr Burns, y gwallgofddyn â'i baranoia, oedd Medrawd ddrwg oedd am ddwyn Gwenhwyfar yn frenhines iddo a dymchwel teyrnas Arthur a chipio'r goron.

Mae'n siŵr bod y cyfrolau y bûm i'n pori drwyddynt wrth ymchwilio i'r llofruddiaethau yng nghefn fy meddwl, oherwydd dechreuais ddifyrru'r amser drwy weld arwyddocâd dyfnach i gymeriadau'r cartŵn.

Yn ôl damcaniaethau rhai ysgolheigion mae yna dair agwedd ar fywyd sy'n gweu eu hunain drwy chwedlau ledled y byd. O India i Rufain, o wlad Groeg i Iwerddon, o Bersia i Gymru. Yn gyntaf ceir gwybodaeth arbennig â chyswllt gyfrin gyda'r duwiau. Gwybod. Yn ail ceir cyfoeth a ffrwythlondeb. Ffyniant. Yn drydydd, nerth mewn rhyfel ac arweiniad brenhinol. Cad.

Felly yn y Mabinogi, er bod yno Bedair Cainc, hanes tri theulu sydd gennych chi. Teulu Pwyll yn y gainc gyntaf a'r drydedd sy'n rheoli gwlad ffrwythlon Dyfed. Ffyniant. Yn yr ail gainc ceir hanes Teulu Bendigeidfran a stori eu rhyfel ag Iwerddon. Cad. Yn olaf ceir hanes Teulu Dôn yn y bedwaredd gainc, sy'n adrodd stori tylwyth o ddewiniaid a'u galluoedd rhyfeddol i droi pobl yn anifeiliaid a chreu merched allan o flodau. Gwybod.

Roedd y patrwm triphlyg ymhobman. Chwedlau, crefyddau, a hyd yn oed jazz. Tri chawr cerddorol. Charlie Parker a'i wybodaeth gyfriniol o sut i chwarae'r alto sacs. Gwybod. Miles Davis wedyn, yn chwarae'n ddwfn a dwys a'i gynnyrch mor doreithiog. Ffyniant. Ac yn cwblhau'r drindod roedd John Coltrane yn trin y soprano sacs fel gwn mewn rhyfel. Cad.

Roedd yr elfennau hyn i gyd yn ffilm y Simpsons yng Nghamelot hefyd. Bart y dewin dwl oedd yn cynrychioli'r elfen yn y chwedl oedd yn cyfateb i iawn berthynas â'r duwiau, sef gwybod. Homer oedd y brenin dewr yn ymladd yn eofn i amddiffyn ei deyrnas, sef cad. Marge oedd yn cynrychioli ffyniant neu ffrwythlondeb. Burns ddrwg a'i weision twp oedd yn cynrychioli'r gwrthwyneb i'r holl elfennau hyn.

Gwnaeth un olygfa, lle'r oedd Burns yn colbio Homer ar ei ben yn nwnjwn y castell, i mi feddwl am y Dialydd yn ymosod ar y Sais yn yr hen eglwys. O hynny dechreuais feddwl am y bobl oedd wedi dioddef dan law'r llofrudd.

Ac wedyn fe wawriodd arnaf. Sut oeddwn wedi bod mor ddall?

Pam chwilio am batrwm yn y dyfyniadau? Yn hytrach, dylswn fod wedi dilyn rheol euraid ymchwilio i bob llofruddiaeth, sef edrych ar y rhai oedd wedi cael eu lladd. Y lladdedigion.

Colofnydd holl wybodus, bydol ddoeth a ffraeth. Gwybod.

Gwleidydd. Beth yw gwleidyddiaeth? Rhyfela trwy ddulliau eraill. Cad.

Dyn busnes eithaf ffyniannus o Loegr. Ffyniant.

Ai dyma oedd y patrwm?

Y ffermwr wedyn. Ffyniant eto.

Y Cynghorydd Aled Penlan. Gwleidydd arall o fath. Cad eto.

Oedd y Dialydd yn gweithio am yn ôl? Ai'r elfen 'gwybod' fyddai nesaf?

Wrth feddwl am hyn yr oedd patrwm arall o fewn y patrwm. Roedd yn bosib gosod y tair llofruddiaeth gyntaf o dan bennawd cyffredinol 'Cad', gan fod pob un yn milwrio yn erbyn y Cymry Cymraeg brodorol. Roedd Penlan a'r ffermwr yn datblygu tir er mwyn eu helw eu hunain. Felly'r pennawd cyffredinol fyddai 'Ffyniant'.

Nid fesul pedwar neu bedair oedd y Dialydd yn lladd, ond fesul tri. Os oedd y patrwm o fewn patrwm yn iawn, nid oedd y Dialydd wedi gorffen ei waith. Nid o bell ffordd. Byddai'n taro bedair gwaith eto.

Wrth reswm, ni allwn fod yn sicr fy mod wedi taro ar y ddamcaniaeth gywir, ond roedd gen i deimlad ym mêr fy esgyrn nad oeddwn ymhell ohoni. Rasiai fy meddwl, ac ymbalfalais ym mhoced fy nghôt am ddarn o bapur lapio fferins y plant er mwyn ysgrifennu'r cwbl i lawr cyn i mi anghofio.

Daeth y cartŵn i ben, ac allan â'r tri ohonom o wres y theatr i oerfel llaith noson lawog arall ym mis Ionawr.

Hebryngais y ddau fach i'r maes parcio aml lawr. Nid oedd y lifft yn gweithio, felly roedd rhaid i ni ddringo'r grisiau concrid i'r pedwerydd llawr; ac nid oedd hynny'n plesio'r plant.

I fyny â ni, felly. Heibio'r pacedi ffags gwag, caniau cwrw, pacedi creision Monster Mynsh, a'r arogl piso ar y waliau llawn graffiti. Rhyw lefydd oer a thywyll ydynt ar y gorau, a heno roedd fy ngherddediad ychydig yn gynt na'r arfer. Roeddwn ar frys i adael y lle digroeso ac anghynnes. Nid oeddwn yn mynd i stopio, oherwydd gallwn daeru 'mod i'n clywed sŵn traed eraill yn atseinio ar y grisiau y tu ôl i ni.

"Dad, ti'n mynd rhy gyflym!"

"Arafa! Plîs!"

"Dowch reit sydyn i ni gael mynd adra."

Cyrhaeddwyd y car yn ddiogel. Neidiodd Rhys ac Elin i'r cefn, a chyn iddynt roi eu gwregysau amdanynt roeddwn wedi tanio'r injan a dechrau symud y car.

Wrth i mi ddod rownd y tro i fynd lawr i drydedd lefel y maes parcio, daeth Land Rofyr tywyll y tu ôl i mi ar wib.

Clec.

Tarodd y Land Rofyr i mewn i du ôl y car. Yna bagiodd yn ôl, cyn gyrru i mewn i mi eto.

Yna clec arall.

Beth ddiawch oedd y boi yn ceisio'i wneud?

Clec arall eto, yn galetach y tro hwn.

"Dad – dw i ofn," llefodd Elin.

"Be sy'n digwydd?" holodd Rhys yn bryderus. Gwyddai'n iawn nad oedd hi'n arferol i geir daro ei gilydd fel hyn wrth adael maes parcio.

Roedd ffenestr y Land Rofyr wedi'i duo ac ni allwn weld y gyrrwr yn iawn. Y cyfan a welwn oedd siâp tywyll y tu ôl i'r llyw, oedd o bosib yn gwisgo masg melyn am ei wyneb. Fedrwn i ddim bod yn sicr ond roedd y masg yn edrych yn debyg i un o'r cymeriadau yn y ffilm y buom yn ei gwylio ynghynt.

Doedd dim amdani ond gyrru'n gyflym am y lle talu, a gobeithio cyrraedd allan cyn y cerbyd arall.

Wnes i ddim edrych yn y drych ar y ffordd lawr i'r stryd. Dim ond rhoi fy nhroed i lawr a sgrialu rownd y corneli er mwyn cyrraedd y lefel isaf.

Erbyn i mi gyrraedd y polyn coch a gwyn wrth y fynedfa doedd dim golwg o'r cerbyd du. Fel rhyw ysbryd o'r fall diflannodd mor sydyn ag y daeth.

"Ydach chi'n iawn, blant?"

"Ydan."

"'Dan ni'n saff rŵan – hen ddyn gwirion oedd hwnna, ynte? Peidiwch â phoeni – wedi meddwi oedd o mae'n siŵr."

Ond wrth yrru adref ynghanol traffig nos Sadwrn y ddinas gwawriodd arnaf, er gwaethaf fy holl ddamcaniaethu, nad oeddem fymryn agosach at ddal y Dialydd.

Os rhywbeth, y Dialydd oedd yn nesáu atom ni.

XVIII

YN LLEDRATTA Y KEUIES EF, A CHYFREITH LLEIDYR A WNAF INHEU AC EF, Y GROGI.

Mae'r caffi'n wag ar wahân i bâr ifanc sy'n eistedd yn fud gyda'u babi wrth y ffenest. Mae'r llanc yn gwisgo cap pêl-fas ac mae'r ferch yn ysmygu Silc Cyt ac yn syllu'n wag allan ar y stryd. Mae'r dyn yn chwarae gyda llwy de ac yn gwrando ar alawon swynol ei ffôn symudol.

Mi wyt ti'n sipian dy baned ac yn meddwl am y diddordeb mawr sydd gan ddynion yn eu teclynnau. O'r crud i'r bedd maen nhw byth a hefyd yn chwarae gyda rhyw declyn neu'i gilydd. Ffôn symudol a chyfrifiadur, dril a thorrwr gwair, gynnau a chyllyll, taflegrau a bomiau.

Beth yw dy gyflwr meddwl di erbyn hyn? Ydi pethau'n mynd yn fwy dryslyd i ti yn dy ben? Oeddet ti'n disgwyl i bethau wella ar ôl y troeon cyntaf? Wnaethon nhw ddim, serch hynny. Cynyddu mae'r ing yn dy enaid. Gwaethygu mae'r boen wrth i ti barhau â'th waith.

Mae'r babi yn y caffi'n dechrau crio.

Rwyt ti'n gwrando ar gri'r babi newydd-anedig – ac yn meddwl am yr hyn sydd ganddo i edrych ymlaen ato drwy'i oes. Hyd at y frwydr gydag angau yn yr oriau olaf. Nid rhywbeth i'w fwynhau yw rhywbeth sy'n dechrau a gorffen fel hyn. Mi wyddost yn iawn ein bod ni i gyd yn gwneud popeth mor sydyn â phosib er mwyn dianc rhag y ddau bwynt yma – er mwyn ceisio anghofio gwaedd genedigaeth a sgrech marwolaeth.

Ond mi wyt ti'n mynd i ddeffro'r byd o niwl angof a chelwydd. Dyna yw dy waith.

Act greadigol pob artist yw creu o ddim. Dy weithred greadigol di yw rhoi ystyr i fodolaeth pobl fel hwn wrth ddewis eu lladd. Cyn hynny, bu eu bywydau yn llawn hunan-dwyll. Ond dy dynged di yw bod yn gyfrwng i weithredu cyfiawnder, a chreu ystyr i'w bywydau. Maent yn dewis eu ffordd o farw trwy eu ffordd o fyw.

A heddiw mae'n rhaid i ti wneud dy ddyletswydd unwaith eto.

Ai ar ddamwain y penderfynaist ti ar dy darged y tro hwn? Neu a oedd yn fwriad gennyt ar hyd yr amser i ymosod ar yr heddwas? Beth bynnag yw'r gwirionedd ynghylch hynny, daeth dydd o brysur bwyso i'r ditectif gwrol.

Mi glywaist ti'r sgwrs rhwng y plismon a'r llafnau yn nhoiledau'r clwb nos y noson honno. Y bygythiadau'n cael eu cyfnewid rhwng y naill a'r llall. Heb iddo wybod mi welaist ti'r dyn yn cael ei guro ac yn mynd ar ei liniau i ymbil am gyfle arall. Pledio am fwy o amser i ddod o hyd i ragor o ddeunydd aflan.

Wyt ti'n cofio ei esgusodion, ac ymateb y gang?

Y cyflenwad yn hwyr o'r cyswllt yn y *vice squad*. Trafferth gyda'r peiriant copïo tapiau.

Os felly, rhaid iddo wynebu'r canlyniadau. Dim delifri, dim tâl – a chosb am amhrydlondeb.

Oni bai i ti darfu ac ymyrryd mi fyddent wedi llabyddio'r heddwas llwgr a'i ddarnio'n fyw. Achubaist groen y dyn; ond fe glywaist ti ddigon i wybod y gwir am y tapiau ffiaidd.

Mae dychmygu beth sydd ar y tapiau yn dy lenwi â dicter cyfiawn. Ffilmiau o blant diniwed mewn cartrefi gofal yn cael eu gorfodi i ufuddhau i ffantasïau tywyllaf yr oedolion. Y tapiau o ddynion canol oed yn cam-drin plant diniwed.

Pa hawl sydd gan y dyn hwn i ddwyn a defnyddio dioddefaint y plant? Pa hawl sydd ganddo i werthu'r tapiau hyn i barchusion a phileri'r gymuned er mwyn iddynt foddhau eu natur wyrdroëdig, a'u hawydd i arddangos eu grym dros weiniaid cymdeithas?

Pwy roddodd yr hawl i'r rhain buteinio'r diamddiffyn fel hyn?

Os oedd gen ti amheuon ynglŷn â'i gosbi cyn hynny, cadarnhawyd popeth gan ddigwyddiadau'r noson honno yn y clwb.

Mi wyt ti wedi ei ddilyn ers tro, ac yn adnabod ei batrymau gweithio wrth arwain yr ymchwiliad i geisio dy ddal, ac ar yr un pryd yn cyflenwi'r tapiau ffiaidd i'w gwsmeriaid parchus.

Mi wyt ti'n ei ddilyn i'w fflat yn y Marina, ac yn aros nes y bydd wedi cyrraedd pen y grisiau. Yna mi wyt yn canu'r gloch, ac yn cyflwyno dy hun ac yn enwi un o gyd-gynllwynwyr y plismon yn y sgwad. Cyflenwad newydd o dapiau. Mae'n synnu dy fod wedi galw mor ddirybudd ac ar yr adeg yma o'r dydd, ac mae'n bwriadu rhoi pryd o dafod i ti am fynd yn groes i'r trefniadau arferol. Ond nid yw'n gwrthod mynediad i ti. Mae'r seinydd yn canu cyn dy adael i mewn i'r bloc fflatiau. Rwyt ti'n brasgamu i fyny'r grisiau, a chyn cnocio ar ei ddrws rwyt yn oedi ac yn gwisgo dy fasg George W Bush, ac yn tynnu'r bat pêl-fas o dy rycsac.

Yna, mi wyt yn curo'r drws.

Mae'r heddwas yn ei agor, ac yn syllu'n gegrwth arnat. Nid yw'n cael cyfle i feddwl cyn i ti ei bastynu yn ei wyneb gyda'r bat.

Llifa'r gwaed ar hyd ei wyneb wrth i ti ei daro eto ar ei ben. Mae'n syrthio'n ôl ar ei gefn, ac rwyt yn ei daro eto'n sydyn i wneud yn siŵr ei fod yn anymwybodol.

Cyn dechrau ar y gwaith rhaid i ti gau'r drws.

Mi wyt ti'n mynd draw at y teledu ac yn ymbalfalu yn y tapiau fideo. Rwyt yn rhoi tâp yn y peiriant ac yn pwyso botwm y teledu. Wrth i'r lluniau anweddus o gam-drin plant ymddangos, rwyt yn gafael mewn llond dwrn o dapiau eraill ac yn tynnu'r stribedi tâp allan o'r blychau fideo. Wedyn, gan eistedd ar ben y dyn, rwyt yn eu clymu'n dynn rownd gwddw'r plismon.

Rownd a rownd nes dy fod yn teimlo'r anadl yn gwanio ym mhibellau aer y dyn. Rownd a rownd nes mygu ei anadl einioes, a gwneud i'w wyneb droi'n biws.

Bryd hynny, mi wyt ti'n oedi. Glywaist ti sŵn rhywun yn canu'r gloch lawr grisiau? Dyna fo eto. Mae rhywun yn canu'r gloch. Mi wyt ti'n rhwymo'r tâp du yn dynnach rownd gwddf y plismon – ond erbyn hyn, mi wyt yn clywed lleisiau'n siarad yn y stryd y tu allan i'r fflat yn holi amdano. Cyn hir daw sŵn traed yn rhedeg i fyny at ddrws y fflat.

Daw sŵn rhywun yn curo drws y fflat, yn ddistaw i ddechrau ac yna'n uwch ac yn uwch. Am y tro cyntaf erioed mi wyt ti'n dechrau cynhyrfu ac yn penderfynu gadael dy waith heb ei orffen ac yn dewis dianc. Mae'n rhaid i ti symud yn sydyn. Eiliad o ymbalfalu yn dy sach ac yna mi wyt ti'n dod o hyd i'r amlen frown, yn ei thynnu allan a'i thaflu ar ben y bwndel o ddillad budur ar y soffa.

Mae rhywun yn ceisio taro'r drws i lawr. Rhaid i ti fynd a gadael dy waith ar ei hanner. Un ffordd allan sydd. Rhaid i ti wynebu pwy bynnag sydd allan yn y coridor. Felly, gan daflu'r dyn hanner marw o'r neilltu, mi wyt ti'n codi ar dy draed ac yn camu draw at y drws.

XIX

Roedd y darnau'n dechrau disgyn i'w lle. Teimlwn fy mod yn agos at ddeall teithi meddwl y Dialydd, a thrwy wneud hynny, teimlwn gymaint â hynny'n agosach at ddatrys ei gymeriad a'i gymhellion.

Ras gydag amser oedd hyn, fodd bynnag.

Ras yn erbyn y Dialydd ei hun; oherwydd roeddwn yn argyhoeddedig fod y llofrudd yntau – am ba reswm bynnag – yn agosáu ataf innau hefyd. Erbyn hyn, roeddwn yn sicr ei fod yn gwybod fy mod yn gweithio ar y llofruddiaethau, a'i fod yn ceisio fy mygwth i a'r teulu. Fel anifail gwyllt yn mynd o amgylch ei brae mewn cylchoedd, roedd y Dialydd yn graddol ddynesu.

Trafodais y mater gyda Rhiannon, a phenderfynodd y ddau ohonom beidio â dweud dim wrth y plant a cheisio cario ymlaen â'n bywyd arferol am y tro. Pe bai rhywbeth tebyg i ddigwyddiad y cerbyd yn y maes parcio yn digwydd eto, yna byddai'n rhaid iddi fynd â'r plant i aros gyda'i rhieni yn y gogledd.

Fel rwyf wedi sôn cyn hyn, nid wyf yn credu mai consurwyr neu fodau sydd â galluoedd goruwchnaturiol yw proffilwyr seicolegol; ond efallai fod gan bawb ohonom chweched synnwyr sy'n bwrw iddi pan ydym dan bwysau neu straen mawr. Pan fo'r cysylltiadau'n syrthio i'w lle, mae meddwl rhywun yn cyflymu ac weithiau mae'r meddwl yn saethu ymlaen mor gyflym nes ei fod yn teimlo fel pe bai rhywun mewn twymyn.

Ar gychwyn yr ymchwiliad codais gwestiynau amlwg am gymhellion y llofrudd. Pam galw ei hun yn Ddialydd? Dial rhyw gam personol? Dial oherwydd iddo ddioddef yn ei swydd neu yrfa? Yna dechreuais feddwl ei fod yn dial am resymau gwahanol – nid oeddwn yn credu mai dial fel gweithred wleidyddol oedd wrth wraidd ei ymddygiad. Efallai fod elfen o hynny'n wir, ond roeddwn yn argyhoeddedig bod yna rywbeth mwy personol ar waith yma. Ond asio'r ddau gymhelliad yma – roedd honno'n dasg anos. Pe medrwn ddarganfod rheswm oedd yn plethu'r ddwy ddamcaniaeth yma – yna byddai'r Dialydd o fewn cyrraedd.

Ar sawl achlysur mae rhywun wedi clywed directifs mewn achosion enwog yn sôn am bwysigrwydd gwaith caled, y tyrchu caib a rhaw er mwyn dal eu dyn. Er hynny, ar lawer adeg, yr hyn sydd wedi gwneud y gwahaniaeth wrth ddatrys dirgelion troseddol yw tro annisgwyl yn hynt yr ymchwiliad – diofalwch ar ran y troseddwr, neu efallai ffrind neu berthynas yn sylwi ar debygrwydd rhwng arferion rhyfedd rhywun y maen nhw'n ei adnabod a phatrwm y troseddau.

Hynny, neu ychydig o lwc mewn anlwc, sy'n esbonio'r hyn ddigwyddodd nesaf i mi.

Gwylio rhaglenni disylwedd nos Sadwrn oeddwn a cheisio marcio traethodau'r ail flwyddyn ar Seicoleg Addysg yr un pryd. Rhaglen yn hel atgofion am yr wyth degau oedd hi. Nid wyf yn cofio enw'r rhaglen ond rhywbeth fel 'Dyddiau Da' neu deitl cyffelyb ydoedd. Cynhyrchiad rhad oedd y peth, gyda chaneuon pop o'r wyth degau yn gymysg â phytiau o adroddiadau newyddion y degawd.

Yn gefndir i'r ffilm o newyddiadurwr ynghanol rhyfel mewn gwlad dramor yr oedd Geraint Jarman yn canu

'Cenhadon Casineb'. Yr hyn a ddaliodd fy sylw, serch hynny, oedd gweld wyneb cyfarwydd ar y sgrîn.

Cymro o newyddiadurwr oedd yno, yn adrodd sut y cafodd ei ddal ynghanol cyflafan waedlyd mewn rhyw ryfel yn y Dwyrain Canol. Lladdwyd traean o ddynion y pentref mewn dialedd ar ôl i'r gwrthryfelwyr ffrwydro un o lorïau byddin yr awdurdodau. Roeddwn wedi anghofio am y rhyfel arbennig honno. Galanas arall mewn gwlad bell i ffwrdd oedd y peth i mi. Symudodd y byd yn ei flaen ers hynny i argyfyngau a rhyfeloedd eraill.

Nid y rhyfel a dynnai fy sylw, fodd bynnag, ond y gohebydd a safai gyda meicroffon yn ei law.

Euros.

Edrychai'n welw a llwyd, ac nid llwch a thywod yr anialdir gerllaw'r pentref oedd yn gyfrifol am hynny. Roedd golwg arno fel pe bai wedi bod i uffern ac yn ôl.

"Heddiw rwyf wedi bod yn dyst i drosedd yn erbyn dynoliaeth," dywedodd. Yna, symudodd y camera i ddangos cyrff y dynion yn gorwedd yn bendramwnwgl dros ei gilydd mewn ffos; aeth y camera'n nes gan ddangos pryfed yn hofran yn haid uwch cegau agored a llygaid gwyn, difywyd y dynion. "Ond ffenomen dreisiol yw adennill rhyddid bob tro. Does ond gobeithio y daw rhyddid, heddwch a chyfiawnder i'r bobl yma cyn y bydd hi'n rhy hwyr." Ar hynny, newidiodd y gerddoriaeth i Meic Stevens yn canu am ryw drip cyffuriau gwirion, a chafwyd eitem o ffilm ar helynt cwrw ar faes y Steddfod.

'Rhyddid, Heddwch a Chyfiawnder'.

Ein harwyddair ar gylchgrawn *Y Pair Dadeni* ers talwm. Hyd yn oed ynghanol berw'r rhyfel, parhau i feddwl am yr hen sloganau oedd ef. Ond roedd rhywbeth arall a ddywedodd wedi gwneud i mi feddwl. Beth oedd ei union eiriau eto? Proses... nage nid proses... ffenomen dreisiol yw adennill rhyddid bob tro. O ble daeth y geiriau hynny? Roedd eu sŵn yn gyfarwydd.

Y Pair. Dyna ni, *Y Pair Dadeni*. Daeth y rhifyn cyntaf allan ym mis Rhagfyr ein tymor cyntaf yn y coleg. Thema gyffredin pob erthygl oedd cymryd cymeriad o'r hen chwedlau ac ysgrifennu am ei arwyddocâd cyfoes. Teflais y traethodau o'r neilltu ac i fyny â mi i'r atig a thyrchu yn yr hen focsys am rifynnau'r *Pair*. Cyn hir, deuthum o hyd i'r rhifyn cyntaf, gyda darlun llungopi anniben o grochan Gundestrup ar y clawr.

Diawliais fy hun. Roedd y peth wedi bod dan fy nhrwyn heb i mi sylweddoli.

Rhwng y cloriau cafwyd erthyglau fel 'Canlyn Arthur, Canlyn Gwynfor'; 'Rhiannon, Branwen, Blodeuwedd – Merched Rhydd'; 'Gwydion, Frankenstein a Megalomania'r Gwyddonydd', ac ati. Nid oeddwn yn cofio pwy ysgrifennodd yr erthyglau i gyd ac nid oedd enw awdur ar waelod unrhyw un o'r erthyglau. Gallwn ddyfalu pwy ysgrifennodd y rhan fwyaf ohonynt. Pob un ac eithrio un. 'Efnisien a Gorthrymedig y Ddaear'.

Erthygl yn llawn naïfrwydd ifanc ydoedd, yn frith o osodiadau ysgubol a ffôl. Ond bellach, roedd darllen darnau ohoni yn gyrru iasau lawr fy nghefn:

Rhyddid i'r genedl, dadeni cenedlaethol, adfer sofraniaeth i'r bobl – ar ba bynnag lefel y meddyliwch chi am y peth, mae ennill rhyddid yn golygu disodli un math o ddynion gan fath newydd o ddynion... Ffenomen dreisiol yw'r frwydr rhwng y rhai sydd am ennill rhyddid a'r rhai sydd am wadu'r rhyddid hwnnw iddyn nhw. Ffenomen dreisiol yw'r frwydr dros ryddid bob tro... Ar lefel unigolion fe all trais fod yn rym i'w glanhau. Mae'n rhyddhau'r brodorion o gymhlethdod y taeog. Mae'n ei wneud yn eofn ac yn adfer ei hunan-barch. Rhyddheir ef (neu hi) o'i anobaith a'i ddiffyg gweithredu...

Dysgir ni i weld ein hen chwedlau fel straeon tylwyth teg, ond mae ynddynt neges gyfoes.

Dyna i chi Efnisien yn chwedl Branwen.

Ar un olwg mae'n seicopath gwallgof. Difwynwr meirch. Lladdwr plentyn bach. Dyn a ddifethodd ddwy wlad gyfan oherwydd ei ynfydrwydd.

Ond arhoswch, darllenwch rhwng y llinellau. Pwy yw Efnisien ond symbol o orthrymedig ein cenedl – ein byd yn wir.

Efnisien y gorthrymedig. Yr hanner brawd esgymun. Yr hanner brawd a sarhawyd gan y ddau frenin grymus. Hanner brawd a safodd er mwyn dial y cam a ddioddefodd...

Roedd gan Efnisien frawd. Brawd doeth a chall o'r enw Nisien. Ond pwy sy'n cofio Nisien? Dyn ymylol i'r stori ydyw ar y gorau. Dyn pwyllog, gofalus am yrfa. Dyn diddim. Efnisien oedd yn gwneud i bethau ddigwydd. Gweithredwr oedd ef. Roedd pawb yn gorfod ymateb i'w weithredoedd ef.

Bu trais yn rym i lanhau enaid Efnisien. Ar ddiwedd y chwedl mae'n taflu ei hun i'r pair er mwyn difa byddin Iwerddon. Ac mae'n adfer ei hunan-barch drwy dreisio ei hun.

Rhoddais y papur yn ôl yn y bocs.

Prin y medrwn i goelio'r peth. Eisteddais yn yr atig yn hir yn llawn meddyliau ffwndrus. Wedi mwydro'n lân yn ceisio dirnad y posibilrwydd mai llofrudd oedd fy nghyfaill addfwyn, y gohebydd ffraeth, fy mhartner yfed, cyd-ddilynwr jazz...

Wedyn dechreuais gael traed oer, a dechrau amau fy hun. Ai Euros ysgrifennodd y darn? Ai un arall o aelodau bwrdd golygyddol *Y Pair* oedd yn gyfrifol am yr erthygl? Brynmor, Eleri, Garmon? Er gwaethaf fy amheuon cryf ni allwn fod yn hollol siŵr mai Euros oedd yr awdur. Efallai 'mod i wedi dychmygu'r tebygrwydd rhwng geiriau Euros ar y ffilm a chynnwys yr erthygl.

Rhag ofn fy mod yn cyfeiliorni byddai'n rhaid i mi siarad gyda Brynmor. Efallai y byddai ganddo ef well cof na minnau ynghylch pwy ysgrifennodd yr erthygl.

Dyna pryd gwnes i'r camgymeriad mawr.

Penderfynais beidio â chysylltu ag ef y noson honno. Fy nheimlad ar y pryd oedd y dylwn gysgu ar y peth rhag ofn fy mod yn creu damcaniaethau gwirion yn fy mlinder. Felly, gadewais y mater i fod am ddeuddeg awr, gan droi am y gwely er mwyn ceisio bwrw fy mlinder.

***

Y diwrnod wedyn ffoniais swyddfa'r heddlu. Nid oedd Brynmor yno. Yn ôl y swyddog ar ddyletswydd roedd ar ei ffordd adref. Ffoniais ei fflat. Nid oedd ateb yno. Rhesymais ei fod rhwng y ddau le ond nid oedd ei ffôn symudol yn ateb chwaith. Felly, penderfynais fynd draw i'w weld.

Cenais gloch ei fflat. Dim ateb. Cenais gloch un o'r fflatiau ar y llawr gwaelod er mwyn cael mynediad i'r adeilad. Daeth merch yn ei hugeiniau a'i chariad i'r drws. Holais a wyddent a oedd Brynmor i mewn. Nid oeddent yn ei adnabod o gwbl. Gofynnais iddynt a fyddai ots ganddynt pe bawn yn taro golwg sydyn i weld a oedd o yno. Nid oedd gan y pâr ifanc unrhyw wrthwynebiad, felly camais i mewn i'r adeilad. Penderfynais ddringo'r grisiau i weld a oedd yn ei fflat. Curais y drws yn galed. Roedd rhywun yno, oherwydd gallwn glywed sŵn symud cadeiriau a byrddau o amgylch yr ystafell.

Penderfynais dorri i mewn.

Hyrddiais fy hun yn erbyn y drws ond yr eiliad honno fe'i hagorwyd gan ddyn main yn gwisgo masg George W Bush. Trawais yn ei erbyn bron ar ddamwain nes bod y ddau ohonom ar lawr. Cododd y dyn yn y masg ar ei draed a rhuthro am y drws.

Edrychais ar yr olygfa. Gorweddai Brynmor yn swp diymadferth ar lawr, gyda gwaed yn pistyllu o'i drwyn. Ato ef yr es i gyntaf. O amgylch ei wddf yr oedd tâp fideo wedi'i glymu'n dynn. Cymerais gyllell o'r gegin a thorri'r tâp er mwyn iddo anadlu'n fwy rhydd. Wedi gweld ei fod yn fyw ac yn anadlu'n fwy rheolaidd, ymdrechais i atal llif y gwaed o'i drwyn a'i ben briwedig.

Yna, deuthum allan i'r stryd islaw er mwyn ceisio gweld i ba gyfeiriad yr oedd yr ymosodwr wedi dianc. Er i mi fynd i ben yr heol i weld a allwn weld rhywun, doedd dim golwg o neb. Roeddwn i'n rhy araf ac allan o wynt a'r dieithryn yn llawer mwy chwim na mi.

Felly, yn ôl â mi at Brynmor.

Erbyn i mi gyrraedd y fflat unwaith eto, eisteddai Brynmor â'i ben yn ei ddwylo ar y soffa ynghanol môr o dâp fideo. Yn y cefndir, roedd golau'r teledu'n fflachio, ond heb fynd yn agosach ni allwn weld beth oedd ar y sgrîn.

"Wyt ti'n iawn?" gofynnais.

Nodiodd ei ben.

"Aros di yn y fan, mi a' i nôl wisgi bach i ti a wedyn mi ffonia i'r stesion."

"Na. Na. Paid ffono'r bois yn y ffors."

Edrychais arno mewn syndod.

"Be ti'n ddeud, Brynmor? Mi wyt ti mewn sioc, 'chan. Gad i mi gysylltu gyda nhw, does dim isio i ti wneud dim."

"Na," meddai'n bendant, er gwaetha'r crygni yn ei lais.

"Pam?" holais eto'n methu credu'r peth.

Rhoddodd Brynmor ei ben yn ei ddwylo eto, a dechrau igian wylo.

Edrychais arno'n syn, ac yna teflais gip sydyn ar sgrîn y teledu oedd yn dangos plant mewn dillad ysgol henffasiwn yn cael eu cam-drin gan ddyn a dynes mewn oed.

"Y tapie."

"Y tapia. Ia, beth amdanyn nhw?"

"Mae popeth ar ben. Mae popeth wedi 'strywo nawr."

"Be sy arnyn nhw, felly? Be sy ar y tapia diawledig yma?"

"Copïe 'yn nhw," atebodd Brynmor mewn llais gwan. Dioddefodd ysgytwad ddrwg, ac roedd ôl marciau'r tapiau fideo yn goch ar ei wddf. "Copïe o dapie mae'r feis sgwad wedi'u pigo lan mewn cyrchoedd ar dai paedoffiliaid a'u rhwydweithiau dros y blynyddoedd dwetha 'ma ar draws Prydain."

"Pam? Oes yna stwff ffiaidd ar y tapiau yma?"

Tawelwch. Eisteddai'r cawr yn fud ac yn ysgwyd fel deilen. Penderfynais nôl diod iddo er mwyn ei helpu i ddod dros y sioc – ac i ddweud mwy o'i stori wrthyf.

Ymhen ychydig daeth y cyfan allan. Y ffordd yr oedd wedi bod yn rhan o gynllwyn cyflenwi tapiau i rwydwaith o baedoffiliaid parchus yn y de, o Hwlffordd i Gasnewydd, a sut y cafodd gildwrn da iawn am weithredu fel *courier*.

"Wyt ti'n un o'r bobl yma?"

"Nagw, wrth gwrs dw i ddim. Ond mae hi'n farchnad sy'n tyfu, creda di fi. Gredet ti ddim pwy sy moyn y teip 'ma o beth. Cyfreithwyr, athrawon, gweinidogion, darlithwyr..."

"A heddweision?"

"O ie. Pob math o ddynon. Beth fyddet ti wedi'i wneud yn fy sgidie i? Roedd y cyfle i dalu biliau bant yn un rhy dda i'w golli. Dyma'r unig ffordd y galla i fforddo cael y ferch drwy'r blydi coleg. A ta beth, do'n i ddim yn gwneud dim byd nad yw cannoedd o bobl eraill yn ei wneud. Pawb drosto'i hunan yw hi. Mae popeth ar werth heddi, bachan. Jyst gwneud fel pawb arall o'n i."

"Brynmor bach, sut fedrat ti?"

Ymbiliodd arnaf i beidio â dweud wrth neb am yr hyn ddigwyddodd rhag ofn i'r awdurdodau ddod i wybod am y cynllwyn proffidiol. Pe bai wedi ei gadael hi yn y fan honno efallai y byddwn yn teimlo'n garedicach tuag ato, ond mynnodd gyfiawnhau ei ymddygiad.

"Dw i wedi gweld pethe uffernol yn fy ngwaith. Merched wedi'u treisio, hen bobl wedi'u curo i farwolaeth gan gryts deuddeg oed, babis wedi'u gadael mewn bagie siopa lawr strydoedd cefen. Rwy'n gweud wrthot ti, Mathew, job amhosib yw peidio â chael dy lygru. Be wyt ti am 'i wneud? Riporto fi? Mi fydde 'na ymchwiliad mewnol. Falle gollen i 'mhensiwn a phwy fydde'n well bant wedyn? Neb ond y ti. Piso dryw bach yn y môr yw beth dw i'n ei wneud. Os droi di fi mewn fe fydd mwy na digon o rai yn dod i gymryd fy lle. 'Cryfach yw'r gadwyn na grym y gwir/Trech ydyw'r nos na'r goleuddydd clir'."

"Gad THP-W allan o hyn, neno'r tad!"

"Ryn ni'n byw mewn byd llwgwr ac ryn ni i gyd yn cael ein llygru. Ti, wrth i ti grafu gyda Garmon er mwyn trio cadw dy swydd. Fi, wrth i fi drio cadw i fynd â phopeth yn whalu oboutu fi. Ro'n i jyst â mynd off 'y mhen pan adawodd Eleri fi. Ti'n lwcus – mae gyda ti Rhiannon a'r plant, rwy ar 'y mhen 'yn hunan."

Roeddwn ar fin dweud wrtho nad oedd crafu gyda rhyw chwannen o is-brifathro ddim cweit yn yr un cae â gwerthu tapiau fideo budur i barchusion y sefydliad. A ph'run bynnag, roeddwn o'r farn ein bod ni i gyd ar ein pennau ein hunain yn y pen draw; rhaid i bawb ddod i delerau â'i fywyd a'i dduw ar ei ben ei hun yn y diwedd. Ond gwnaeth rhywbeth i mi frathu 'nhafod. Pa les fyddai dweud hynny a Brynmor ynghanol pwl mawr o hunan-dosturi.

"Grym, chwant a llygredd yw'r cyfan sydd yn y byd. Ti'n gwbod shwd beth yw e i wybod bod pawb yn wherthin am dy ben di. A nhw lan llofft yn penderfynu nag o'n i'n mynd i gael symud mlân yn y job. Dim dyrchafiad. Ar ôl popeth roies i iddyn nhw – cau 'ngheg pan o'n i'n anghytuno gyda'r plismona gwleidyddol adeg y streic, ac wedyn maen nhw'n troi rownd a chachu ar 'y mhen i…"

Tra oedd Brynmor yn ceisio'i gyfiawnhau ei hun – i'w hun – yn gymaint ag i mi – roeddwn i'n chwilio o amgylch y fflat i weld a oedd yr ymosodwr wedi gadael olion. Ymhen rhai eiliadau deuthum o hyd i'r hyn y bûm i'n chwilio amdano.

Amlen frown dan sêl.

Rhwygais y darn papur a darllen.

"Yn lledratta y keuies ef, a chyfreith lleidyr a wnaf inheu ac ef, y grogi."

Erbyn hyn roedd fy ngwybodaeth o'r Mabinogi yn ddigon da i wybod o ba un o'r ceinciau y deuai'r dyfyniad. Y drydedd gainc, ac yn y dyfyniad roedd Manawydan yn bygwth crogi llygoden oedd yn dwyn ei ŷd. Nid llygoden oedd yno ond gwraig dewin o'r enw Llwyd fab Cilcoed. Ni wnaeth Manawydan grogi'r llygoden ac nid oedd y Dialydd, ychwaith, wedi llwyddo i grogi'r heddwas. Gadawodd i'r lleidr fynd ar ôl cael addewid gan Llwyd y byddai'n codi'r hud ar Ddyfed ac yn dychwelyd ei deulu i Manawydan.

Felly, mae'n bosib nad oedd y Dialydd wedi bwriadu lladd Brynmor. Yn sicr, roedd yr ymdrech yn un ddychrynllyd o flêr, gyda'r pwyslais ar y dychrynllyd.

"Mi wyt ti wedi cyfarfod â'r Dialydd, Brynmor. Edrych."

Dangosais y darn papur iddo gan holi: "Wnest ti adnabod y dyn yn y masg?"

"Naddo. Fwrodd e fi mas, ac erbyn i fi ddod rownd…

wy'n meddwl bod 'da fi damed bach o goncysiyn."

Doeddwn innau chwaith ddim wedi adnabod y dyn darodd i mewn i mi, gan fod y peth wedi digwydd mor sydyn. Eto i gyd, roedd y corff main yn gyfarwydd. Roeddwn yn sicr, bellach, mai Euros oedd y dieithryn, ac mai ef oedd y llofrudd.

"Mae'n rhaid ei fod o'n gwybod mai ti sy'n arwain yr ymchwil i'w ddal o," meddwn. "O weld ffordd y ceisiodd o dy ladd di, ella ei fod o hyd yn oed yn gwybod am fusnes y twyllo gyda'r tapia. Neu efallai nad oedd o am dy ladd di o gwbl. Ella mai rhybudd oedd hyn i ti gadw draw o'r achos. Ceisio dy ddychryn di."

Beth bynnag, er bod awyrgylch y fflat erbyn hyn yn drymllyd ac annifyr, roedd yn rhaid i mi holi Brynmor ynghylch yr erthygl yn *Y Pair*.

Crynai fel deilen wrth afael yn yr hen rifyn o'r cylchgrawn coleg.

"T-ti o-oedd yn a-arfer malu cachu am y bois du 'ma. Aros funed... wnaeth Garmon neud un am Biko... ond hwnna yw'r rhifyn cynta yn ein tymor cynta ni gyd..."

"Pwy oedd ar y bwrdd golygyddol ar y dechrau? Wyt ti'n cofio?"

"Ti, fi, Eleri, Garmon. O, ac Euros hefyd, ond fe adawodd e ar ôl tymor i fynd i Gaerdydd..."

"Wyt ti'n gweld? Euros sgwennodd yr erthygl. Euros fuodd yma rŵan."

Tarodd y gwirionedd ef fel mellten lachar.

"Blydi hel! Euros. Euros wnaeth drio'n lladd i!"

Eisteddodd y ddau ohonom ar y gadair yn fud yn ceisio dygymod â'r hyn oedd wedi digwydd. Ymhen ychydig, gofynnais iddo a oedd am i mi gysylltu gyda nhw yn y swyddfa er mwyn sôn am ein damcaniaeth am y Dialydd. Mynegodd Brynmor ei deimlad mai dyna fyddai orau a chyn i mi godi i ymadael, erfyniodd arnaf unwaith eto i beidio â datgelu dim wrth neb am ddigwyddiadau'r nos. Dywedais wrtho y byddwn yn meddwl am y peth, ac yn cysylltu ag ef cyn hir.

Gwyddwn, serch hynny, na fyddai gen i'r galon – na'r gwroldeb – i agor fy ngheg a rhoi cychwyn ar gyfres o ddigwyddiadau a allai olygu diwedd dianrhydedd i yrfa Brynmor yn yr heddlu. Er hynny, roedd yr holl ddigwydd-iad wedi datgelu mwy am fy hen gyfaill nag y byddwn wedi hoffi ei wybod.

XX

Mi wyt ti'n dilyn y wraig yn y car coch i'r cyfarfod. Efallai ei bod hi'n sylwi ar y Land Rofyr du yn y drych wrth iddi droi i mewn i'r maes parcio, ond mae'n rhoi ochenaid o ryddhad wrth weld bod y Land Rofyr yn cario yn ei flaen ac nad yw'n troi i mewn i dir yr ysgol. Ond heb yn wybod iddi mi wyt ti'n dyblu'n ôl ac yn parcio wrth ymyl ei char coch.

Mi wyt ti'n cerdded i mewn i'r neuadd ac yn smalio mai Cymro di-Gymraeg wyt ti. Wrth i ti nôl clustffon i wrando ar y cyfieithiad, ac i wrando arni'n sibrwd yn dy glust, mi wyt ti'n gwenu arni. Ond dydy hi ddim yn dy adnabod drwy'r farf ffug a'r sbectol drwchus.

Mi wyt ti'n eistedd yn y cefn ychydig i'r dde o'r bwth cyfieithu ac yn setlo i wrando ar y cyfarfod agored i drafod sut y mae Awdurdod Datblygu Gorllewin Cymru'n bwriadu gwario arian Ewrop a denu busnesau newydd i adfywio'r ardal.

Mi wyt ti'n gwybod cyn iddyn nhw ddechrau mai diamcan fydd cyflwyniad y bobl yma. Does ganddyn nhw ddim affliw o syniad beth i'w wneud â'r arian. Ac wedi gwrando arnyn nhw'n traethu am gynlluniau busnes ac entrepreneuriaeth, ac am sefydlu is-bwyllgorau a gweithgorau a thasgluoedd ac ardaloedd menter, mae'n glir yn y diwedd nad oes ganddyn nhw unrhyw strategaeth o gwbl, dim ond mynd ymlaen ac ymlaen yn dragywydd am lunio, gwerthuso ac arfarnu cynlluniau busnes. A throi dŵr pob ceiniog i'w melin eu hunain.

Rwyt ti wedi hen flino ar y bobl saff yma. Bob bore yn mynd i'r gwaith yn eu ceir saff, i'w swyddi proffesiynol saff ac yna'n mynd adref i'w cartrefi saff. Yn saff rhag pobl amrwd y byd yn eu caerau dosbarth canol saff.

Mi wyt ti'n cydymdeimlo'n fawr gyda'r ddynes yn y bwth. Mae hi'n gorfod cyfieithu'r holl falu awyr yma.

Ond does dim rhaid i ti gydymdeimlo llawer gan fod y cyfarfod yn troi'n gyfangwbl i'r Saesneg o fewn ychydig. Wedi gair o gyflwyniad yn Gymraeg a sylwadau dwyieithog gan un siaradwr ynghylch 'gwerth gorau/*best value*', mae'r siaradwyr pwysig o swyddfa'r pwerdy datblygu o Gaerdydd yn llywio'r cyfarfod yn Saesneg.

Bryd hynny, mi wyt ti'n taflu cip sydyn dros dy ysgwydd ar y cyfieithydd. Mae golwg ddigalon arni. Mae hi wedi hen arfer â chyfarfodydd fel hyn. Fel hyn y mae o hyd, mae'n siŵr. Erbyn diwedd y noson mae pawb wedi penderfynu troi at y Saesneg, hyd yn oed y cynghorwyr hynny sydd mor hoff o chwarae bod yn 'Gymry da'.

Cyn hir mae'r artaith ar ben, a phawb yn ymadael yn teimlo eu bod wedi cyflawni rhywbeth a bod adferiad economaidd yn nes i ardaloedd difreintiedig y cymoedd a'r gorllewin.

Mi wyt ti'n loetran yn y cyntedd am ennyd yn rwdlan gyda rhai o'r dynion busnes, ac yn eu canmol am eu gweledigaeth, ac yn datgan pa mor ddefnyddiol fu'r cyfarfod i ddyn busnes bach fel ti. Trwy gil dy lygaid mi wyt ti'n gweld y cyfieithydd yn casglu'r clustffonau i'w rhoi yn ei chês gloyw ac yn paratoi i adael, ac mi wyt tithau, hefyd, yn gwneud dy esgusion ac yn hel dy draed.

Mi wyt ti'n aros amdani wrth ymyl dy gerbyd. Yn llercian yn dy gwrcwd yn y gwyll. Mae hi'n cerdded i lawr y grisiau ac yn nesáu at ei char coch. Mae'n dywyll braidd ac mae hi'n gorfod oedi am eiliad i ymbalfalu yn ei bag am allwedd y car. Dyma dy gyfle. Mi wyt ti'n neidio o'r cysgodion ac yn ei thynnu i'r llawr i ganol y llwyni wrth ymyl yr ysgol.

Am eiliad mae hi'n meddwl dy fod ti'n mynd i'w threisio. Mae'n bwysig nad wyt ti'n ei dychryn hi ormod ond eto, mae'n rhaid iddi gydweithredu. Dyna pam mae'n rhaid i ti fflachio'r gyllell loyw ger ei gwddf a sibrwd: "Cau dy geg ac fe gei di lonydd. Bydd yn dawel, does gyda ti ddim i boeni amdano. Gwna be dw i'n 'i weud ac fe fydd popeth yn iawn."

Ond mae hi'n strancio ac yn dy gicio, felly mi wyt ti'n fflachio'r gyllell eto.

"Cwyd ar dy draed a cherdda'n normal at y Land Rofyr du. Dw i ddim am ymosod arnot ti. Gwna beth dw i'n 'i ofyn, dyna i gyd."

Mi wyt ti'n sibrwd yn bwyllog a phenderfynol ac mae hi'n gwybod nad oes ganddi ddewis ond cerdded at y cerbyd tywyll a chamu i mewn.

Ar ôl amneidio arni i orwedd ar ei bol yn y cefn mi wyt ti'n rhoi cyffion am ei dwylo a'i thraed, ac yn estyn cadach yn llawn clorofform a'i wthio'n sydyn o dan ei thrwyn. Wedi iddi fynd yn anymwybodol rwyt ti'n tanio'r injan ac yna, heb frysio dim, rwyt ti'n gyrru'n ofalus o'r maes parcio ac yn diflannu i ganol y nos.

XXI

Roedd Rhiannon yn hwyr.

Ar ôl gadael fflat Brynmor dychwelais adref ar fy union. Sylweddolwn y dylwn fod wedi mynd at yr heddlu'n syth i roi gwybod iddynt am yr hyn a ddarganfuwyd gennyf am y Dialydd. Ond fedrwn i ddim.

Gwendid cymeriad. Llwfrdra. Anghredinedd. Galwch o beth a fynnoch ond ni fedrwn goelio digwyddiadau'r diwrnod. Gyrrais yn ddiamcan o amgylch y dref am hydoedd, yn ceisio rhoi trefn ar y peth yn fy meddwl. Yn dal i fethu credu bod y seicopath y bûm ar ei drywydd ers misoedd wedi bod mor agos ataf ar hyd yr amser. Yn wir, yn un o'm ffrindiau pennaf.

Wrth yrru'r car gwrandewais ar y newyddion radio mewn ymgais i geisio cael gafael ar realiti a deffro o'r hunllef – ond cynyddu'r naws afreal wnaeth y newyddion. Roedd lluoedd Prydain ac America wedi symud ar fôr a thir yn erbyn y gelyn ac wedi anfon cannoedd o awyrennau a thaflegrau yn erbyn canolfannau milwrol y Gynghrair Islamaidd.

Cyrhaeddais adref a gweld nad oedd car Rhiannon yno. Yn gofalu am y plant yr oedd Mari ein gwarchodwraig. Hi fyddai'n gofalu am Rhys ac Elin pan fyddai'r ddau ohonom allan yn gweithio. Dywedais wrth yr eneth y câi hi fynd adref, a chan ddiolch iddi rhoddais gynnig arall ar roi caniad i Rhiannon ar ei ffôn symudol.

Dim ateb.

Yn ôl yr hyn yr oedd hi wedi'i ddweud wrthyf y bore hwnnw cyn gadael y tŷ, ei bwriad oedd gwneud ychydig o gyfieithu ar sgrîn yn y bore, wedyn mynd yn ei blaen i gyfieithu ar y pryd mewn cyfarfod Menter a Busnes yn yr ysgol gyfun gyda'r nos.

Edrychais ar fy oriawr am y canfed tro mewn chwarter awr. Fe ddylai fod wedi gadael am hanner awr wedi naw, bellach roedd hi'n un ar ddeg y nos.

Diawliais fy hun am beidio â dweud wrthi am fy amheuon am Euros cyn mynd draw i fflat Brynmor.

Ar ben hynny, doedd y plant ddim yn cysgu, a'r fechan yn crio am ei bod eisiau ei mam. Ceisiais greu stori a dweud ei bod hi wedi mynd i aros gyda'i ffrind, Anti Siân. Er hynny, doedd dim modd twyllo'r plant. Synhwyrent fod rhywbeth o'i le er nad oedd neb wedi dweud dim.

"Ylwch, mi fydd hi 'nôl erbyn yfory. Fel ddeudus i, jyst wedi mynd i aros hefo Anti Siân am noson y mae hi, dyna i gyd."

Ar hynny canodd y ffôn.

Rhuthrais i lawr o ystafell wely Elin a chodi'r derbynnydd gyda'm calon yn curo fel gordd.

"Math."

Rhiannon oedd yno.

"Wyt ti'n iawn? Lle wyt ti? Be sy wedi digwydd?"

"Ydw, dw i'n iawn. Sori 'mod i wedi bod mor hir cyn ffonio. Batri'r ffôn yn fflat. Ffan belt y car sydd wedi torri. Ond mi stopiodd Euros i roi help i mi, chwara teg iddo fo."

"Euros?"

"Ia. Wnest ti ddim deud 'i fod o wedi cael cerbyd newydd. Land Rofyr. Smart iawn hefyd. Mi ffoniodd o'r AA ar fy rhan. Ddeudodd o y bysa fo'n dy ffonio di i roi gwybod i chdi y byswn i'n hwyr. Wnaeth o ddim?"

"Na."

Nid oedd Rhiannon yn sylweddoli pa mor lwcus y bu hi, ond doedd dim diben i mi sôn am hynny wrthi am y tro. Codi ofnau diangen fyddai hynny. Y cyfan oedd yn bwysig yn awr oedd iddi ddod yn ôl yn ddiogel at ei theulu.

"Yli, mae'r boi AA am roi tow i mi adra. Felly, mi fydda i acw mewn rhyw hannar awr arall. Wela i chdi. Sws i'r plant ac ati. Ac i chditha."

"Ie, ac yn ôl i chdi. Cymer ofal, Rhi."

Prin y cefais gyfle i roi'r newydd da i'r plant bod Mam ar ei ffordd yn ôl cyn i'r ffôn ganu eto.

Yr heddlu oedd yno. Nid Brynmor a siaradai â mi ar ben arall y lein, fodd bynnag, ond ei ddirprwy, plismon CID ifanc a brwdfrydig, y Ditectif Ringyll Darren Morris.

"Mae'r Dialydd wedi taro eto," meddai'r plismon ifanc yn amlwg â'i wynt yn ei ddwrn. "'Dyn ni ddim yn meddwl 'i fod e wedi lladd neb ar hyn o bryd, ond mae e wedi cidnapio rhywun."

"Pwy?" holais yn betrus.

"Mrs Branwen Elfyn. Odych chi'n 'i nabod hi? Roedd hi'n transleto yn Ysgol Pont Llwchwr heno, ond ddaeth hi ddim gartre. Aeth rhai o'r sgwad heibo'r ysgol a ffindo car Mrs Elfyn gyda nodyn yn sownd i'r ffenest."

"Beth oedd wedi'i sgwennu ar y nodyn?"

"Arhoswch funed, mae e gyda fi fan hyn... 'co ni."

"Branwen teccaf morwyn yn y byt oed."

XXII

Drannoeth, roeddwn yn lladd amser o flaen y cyfrifiadur yn chwarae 'Imperium', yn disgwyl gair gan yr heddlu ynghylch herwgipio Branwen.

Cafodd Rhys lwyddiant rhyfeddol o dda ers i mi chwarae'r gêm ddiwethaf. Erbyn hyn roedd wedi dringo i safle Ymerawdwr ac roedd o fewn dim i gyrraedd lefel Duwdod ac ennill y gêm. Crebachodd fy nheyrnas i'n ddim. Tair dinas yn unig oedd gen i'n weddill. Paris, Rhufain a Bysantiwm. Un ateb oedd ar ôl er mwyn achub fy nhiroedd. Galwai'r sefyllfa argyfyngus am weithred herfeiddiol. Doedd dim dewis, felly, ond gwerthu pob sefydliad masnachol, chwalu pob cofnod o wychder diwylliannol fy nheyrnas a neilltuo fy holl adnoddau i'r ochr filwrol, a chynllwynio ymosodiad ar brifddinas 'Harun Al-Rashid'. Cipio Bagdad a hollti ei deyrnas, a'i orfodi i ailadeiladu ei frenhiniaeth. Pe llwyddwn i wneud hynny byddwn yn codi i lefel Cadlywydd unwaith eto a Rhys yn syrthio 'nôl i statws Brenin.

Yna, pan oeddwn ar fin chwalu amddiffynfeydd prifddinas Rhys, canodd y ffôn symudol.

"Darren Morris yma, syr. Ynghylch cidnapio Mrs Branwen Elfyn. Mae'r llofrudd wedi cysylltu â ni."

Aeth yn ei flaen i egluro sut oedd yr heddlu wedi mynd ar gyrch i dŷ Euros yn y pentref lle'r arferai fyw. Methwyd dod o hyd i ddim byd yn y fan honno. Roedd yn ymddangos ei fod wedi clirio'i holl eiddo o'r tŷ ers wythnosau. Yna, er mawr syndod iddynt, yr oedd Euros wedi cysylltu â hwy ar y ffôn y bore hwnnw.

"Mae e wedi'n ffono ni a rhoi enw'r tŷ lle mae e'n cwato. 'Na beth sy'n od, ch'wel – mae fel tase fe ishe i ni wbod yn net lle mae e. Dal i whare gêm i brynu amser mae e, ond fyddwn ni ddim yn hir yn cael gafael ar y jiawl."

"Ymhle mae o'n cuddio?"

"Draw sha arfordir Bae Ceredigion ma' fe. Rhyw le o'r enw Glan Siddi. Wedodd e ar y ffôn 'i fod e'n barod nawr i drafod dyfodol Mrs Elfyn. Ond ar un amod."

"Beth yw hynny?"

"Yr amod yw taw chi sy'n siarad gyda fe."

Rhaid i mi gyfaddef fod fy mhengliniau wedi mynd yn reit grynedig pan ddywedodd y ditectif ifanc amod Euros. Aeth Darren Morris yn ei flaen gan ddweud: "Dyw e ddim yn folon siarad gyda neb arall. Mae e ishe i chi fynd lawr i'r tŷ lle mae e'n cwato gyda Mrs Branwen Elfyn. Driodd un o'n bois ni ffono fe, ond y cyfan nath e oedd ailadrodd eich enw chi, a rhoi'r ffôn lawr. Wedyn, aeth un o'r bois reit lan at y tŷ, a buodd e jyst â chael 'i ben wedi'i saethu bant 'da'r dryll *sniper* 'na sy 'da fe. Wy'n ofon taw chi mae e moyn a neb arall."

Llyncais yn galed, wrth i'r plismon ofyn: "Y cwestiwn yw, odych chi'n barod i wneud beth mae e'n 'i ofyn?"

Am ddewis. Wrth gwrs, fe wyddai Euros hynny'n iawn. Sut allwn i adael Rhiannon a'r plant a cherdded i sefyllfa lle'r oedd posibilrwydd cryf y byddwn yn cael niwed difrifol neu hyd yn oed yn cael fy lladd?

"Ofalwn ni amdanoch chi. Ryn ni wedi cau'r lle bant i bob trafnidiaeth am dair milltir sgwâr. Drefnwn ni bod unedau atal terfysg a bois â drylle gyda chi bob cam o'r ffordd."

"Ym… mae hyn i gyd yn annisgwyl braidd… ym…"

Nid oeddwn yn gwybod beth i'w ddweud. Ni allwn adael Branwen ar ei phen ei hun yn nwylo'r Euros gwallgof. Roeddwn wedi cytuno i wneud y gwaith, ac roedd gen i ddyletswydd i fynd â'r maen i'r wal. A phwy a ŵyr, efallai byddai Euros yn fodlon rhoi clust i mi fel hen ffrind iddo?

A'r cyfan y byddai angen i mi'i wneud wedyn fyddai darbwyllo'r Dialydd i ildio. Haws o lawer dweud na gwneud, meddyliais. Roedd gen i deimlad 'mod i'n syrthio i drap o wneuthuriad Euros, ond fedrwn i ddim peidio â chamu i mewn i'r fagl; roedd rhywbeth anorfod am bopeth, rywsut.

"Odych chi moyn amser i feddwl am y peth. Rwy'n gwbod 'i fod e'n benderfyniad mowr. Alla i roi rhyw hanner awr i chi, wedyn bydd rhaid i fi gael ateb. Mae amser yn brin, chi'n deall? Odyw hynny'n iawn?"

"Ydi, ydi, diolch yn fawr. Mi fydda 'chydig o amser i feddwl o help mawr."

"Reit te, fe ffona i chi 'nôl ar yr awr."

"Un peth," gofynnais cyn rhoi'r ffôn yn ôl yn ei grud. "Ydi DI Brynmor Davies yn dal i weithio ar yr achos?"

"Chi ddim wedi clywed? Mae e bant o'r gwaith yn dost. Maen nhw'n gweud fod pwyse gwaith a straen yr achos 'ma wedi whalu ei nerfe fe'n rhacs. Rhacs. Ond os chi'n gofyn i fi, ei gyn-wraig e sydd ar fai. Fuodd e ddim yr un dyn ar ôl iddi hi 'i adel e."

Ni chefais lawer o gyfle i bwyso a mesur y sefyllfa oherwydd rhyw gwta eiliad wedi i mi roi'r ffôn i lawr, canodd eto.

Am funud credais mai'r heddlu oedd wedi ffonio eto gyda mwy o fanylion am hanes Branwen ac Euros, ond llais mwy cynhyrfus o lawer na Darren Morris oedd yno.

"Math?"

"Ia."

"Garmon sy 'ma."

"O... sut wyt ti'n ymdopi?"

"Go lew 'rhen gyfaill, go lew," atebodd yn bruddglwyfus. "Ydy'r heddweision wedi cysylltu â ti eto i ofyn am dy gymorth?"

"Do, maen nhw newydd fod ar y ffôn..."

"Go dda, ac mi wyt ti am ein helpu mewn cyfyngder...?"

"Wel..."

"Wn i ddim sut y medra i a'r plant ddangos ein gwerthfawrogiad. Dyna ydi cyfeillgarwch, ynte? Hen gyfaill o'r dyddia da yn barod i ddod i'r adwy. Mae'r plismyn wedi dweud wrthyf i na ddylwn i fynd ar gyfyl y lle rhag ofn peryglu Branwen. Rwyt ti am fynd draw yno heddiw, dwyt?"

"Disgwyl galwad yn ôl gan y Ditectif Morris yr ydw i a deud y gwir," atebais yn gloff.

"O iawn, chadwa i mohonot ti, felly. Dim ond diolch i ti o waelod calon eto, a Math..."

"Ia?"

"Beth bynnag a ddigwydd, mi gofia i dy gymwynas am byth – yn bersonol a phroffesiynol. Diolch i ti, 'rhen ffrind."

***

Ni fu dweud wrth Rhiannon am fy mhenderfyniad i fynd draw i Glan Siddi yn hawdd a dweud y lleiaf.

Mae ganddi dymer wyllt ar y gorau, a phan soniais am y peth fe ffrwydrodd.

"Ers pryd wyt ti'n was bach i Garmon?"

"Meddwl am Branwen ydw i..."

"Fydda' fo'n dod i'r adwy i'n helpu ni tasa ni yn yr un sefyllfa? Choelia i fawr! Be wnaeth o? Gaddo job deon cyfadran i chdi, ta be?"

"Gwranda, nid Garmon sydd wedi troi 'mraich i, 'dio ddim i'w wneud â fo. Jyst meddwl y gallwn i wneud gwahaniaeth. Gwneud rhywbeth gwerth chweil am unwaith yn lle pydru 'mlaen."

"Pydru 'mlaen! Nid pydru 'mlaen ydi gofalu am dy deulu, siawns! Yli Math, mi wnest ti addo y bysat ti'n rhoi'r gorau i'r peth pe bai o'n dod yn rhy agos ata ni," fflamiodd. "Camu 'nôl ddeudust ti! Fi a'r plant oedd yn dod gyntaf i chdi. Dyna ddeudust ti!"

Fel oedd yn arferol bob tro y byddem yn ffraeo diflannodd y plant i fyny'r grisiau i'w llofftydd.

"Ond mae Euros – neu mi oedd o – yn ffrind i mi. Yn ffrind i ni. Efallai wnaiff o wrando arna i. Yli, dw i'n gwbod sut mae o'n meddwl. Dw i wedi mynd dan ei groen o. Yn 'i nabod fel brawd."

"Fy mrawd y seico! Callia Mathew, wir Dduw! Mae'n ddrwg gen i ddeud, ond mae o wedi dangos 'i hun yn dipyn clyfrach na chi gyd. Yn glyfrach ac yn llawer mwy gwallgof hefyd! Math bach, sgin ti'm syniad be sy'n mynd ymlaen yn 'i ben o go iawn! *Ego trip* ydi hyn i chdi. Yn dawal bach rwyt ti'n falch 'i fod o wedi gofyn amdanat ti. Y ffŵl gwirion!"

"Fi 'di'r unig siawns sy gan Branwen. Fedra i ddim 'i gadael hi yn y picil yma."

"Siawns fod gan yr heddlu seicolegwyr eraill fedr wneud y gwaith o drafod efo fo. Dy iwsio di wnaiff o, Math." Swniai'n wirioneddol bryderus. "Dy ddefnyddio di fel y mae o wedi dy ddefnyddio di ar hyd yr adeg drwy'r achosion yma i gyd. Mae o wedi ein bygwth ni i gyd, a rŵan mae o eisiau dy gael di yno er mwyn dial arnat ti am rwbath neu'i gilydd. Mae o'n lladd pobl, cofia."

"Mi fydda i'n iawn, Rhi. Mi fyddwn ni'n iawn. Paid â phoeni."

"Dw i 'di clywad honna o'r blaen. Celwydd, Math. Rwyt ti'n deud clwydda wrtha i!"

"Paid, Rhi…"

"Os gami di allan drwy'r drws yna heddiw, mi fyddi di'n troi dy gefn ar y tri ohonom. Fydda i a'r plant ddim yma pan… os y doi di 'nôl. Dallt?"

Edrychodd yn ddu arnaf, ei llygaid yn llawn dagrau a styfnigrwydd ar yr un pryd. Un pengaled oeddwn innau hefyd. Roedd rhywbeth anorfod am hyn i gyd.

"Dallt," sibrydais yn isel, gan geisio gafael yn ei llaw.

Tynnodd ei dwylo yn ôl a throi ei chefn yn ddig. Trois innau ar fy sawdl hefyd, a cherdded allan.

***

Felly, ymhen pedair awr ar hugain i'r sgwrs gyda'r Ditectif Morris, roeddwn ar fy ffordd yn fy nghar fy hun i'r gorllewin i'r tŷ lle'r oedd y Dialydd wedi'i gornelu gan yr heddlu. O'i nabod o, serch hynny, mae'n siŵr ei fod ef yn credu mai'r awdurdodau oedd wedi'u corneli ganddo fo.

Teithiais tua'r arfordir yn y gwynt a'r glaw, ac amhosib oedd gweld llawer o'r tirlun drwy fwrllwch y cymylau isel oedd yn amgylchynu bobman. Roedd fel pe bai cefn gwlad Dyfed wedi diflannu i rywle, a rhyw niwl trwchus wedi herwgipio'r tir.

Am be oeddwn i'n meddwl yn ystod yr oriau hynny wrth deithio tua'r Dialydd? Dw i ddim yn cofio'n iawn. Saethai'r meddwl i bob cyfeiriad. Rhyw gymysgedd rhyfedd o hynny, brawddegau o erthygl Euros ar Efnisien a thrais, dyfyniadau o'r Mabinogi am wallgofrwydd Efnisien, a phoeni am ffawd Branwen, heb sôn am Rhiannon a'r plant.

Ar y bwletin newyddion adroddwyd am y newydd bod America wedi taro canolfan hyfforddi terfysgwyr yn Sawdi gyda bomiau a thaflegrau. Lladdwyd cannoedd o derfysgwyr honedig yn yr ymosodiad. Er bod y Gynghrair Islamaidd yn haeru mai gwersyll ffoaduriaid oedd y lle. Roedd popeth yn iawn, fodd bynnag, gan fod bachgen o Bont-y-clun wedi torri record y byd am fwyta wyau amrwd.

Wedi i'r bwletin ddod i ben yr oedd Radio Cymru mor anwrandawadwy ag arfer. Dau gyflwynydd yn rwdlan llawer o lol am liw trôns Gareth Gates, heb unrhyw ymwybyddiaeth o gwbl ynglŷn ag arwyddocâd newyddion y dydd.

Diffoddais y radio a rhoi disg gan John Coltrane yn y peiriant. Ar ddiwrnod gwlyb a thymhestlog fel heddiw roedd angen rhywbeth i godi'r ysbryd.

Un tro rhoddodd seiciatrydd gynnig ar egluro grym cerddoriaeth John Coltrane trwy gyffelybu ei sŵn i ddyn wedi'i glymu lawr yn sgrechian am gael bod yn rhydd. Dywedodd rhywun amdano fod ei gerddoriaeth yn anesmwyth ac aflonydd. Dyma ddyn creadigol oedd wedi troi'n llysfwytäwr, yn astudio ioga ac yn darllen gweithiau crefyddol fel y *Bhagavad Gita* – ond er ceisio ymdawelu'n ysbrydol roedd ei gerddoriaeth yn llawn cynnwrf mewnol.

Yn solos sacsoffon Coltrane mae yno anhrefn sy'n troi 'nôl i drefn, grym sy'n tanseilio ond sydd eto i gyd yn dychwelyd yn ôl i ffurf ddisgybledig ar y diwedd.

Efallai mai Coltrane yn canu'r sacsoffon am ei Hoff Bethau fel petai ei fywyd yn dibynnu ar y peth, oedd yr ateb. Canu i gadw'r bwystfil draw – am ryw hyd, beth bynnag.

XXIII

BRANWEN TECCAF MORWYN YN Y BYT OED.

Mi wyt ti'n datgloi drws yr ystafell ac yn cerdded i mewn.

Yno y mae hi, yn gorwedd ar y soffa ledr yn pendwmpian, a'i gwallt melyn yn donnau aur dros fraich y gadair. Melyn potel yw'r lliw gwenith bellach ond mae ei harddwch yn dal i gipio dy anadl.

"Ni charodd Myrddin wenieithfin iach,
Na Thaliesin ei thlysach."

Mae hi'n agor ei llygaid ac yn edrych o'i chwmpas.

Ar y cychwyn roedd hi wedi dychryn yn fawr, ond rwyt wedi gwneud popeth posib i wneud iddi deimlo'n gartrefol, ac wedi prynu dillad o ansawdd iddi yn unswydd. Erbyn hyn, ar ôl cael y set newydd sbon o ddillad o fwtîcs Caerdydd, mae hi'n dechrau ymgyfarwyddo â'i sefyllfa ryfedd ac yn edrych o'i chwmpas.

Beth mae hi'n ei weld?

Triptych Dydd y Farn gan Hieronymous Bosch sydd ar y wal uwchben y lle tân. Ynddo darlunnir arteithiau Uffern, gwynfyd Paradwys a chyfiawnder y Farn Fawr.

Nid yw hi'n adnabod yr artist, ddim mwy nag y mae'n adnabod geiriau Dafydd ap Gwilym. Nid wyt yn disgwyl iddi wneud hynny chwaith.

Ynghanol yr ystafell mae yna fwrdd coffi pren, soffa a chadair freichiau ledr safonol, a set deledu sgrîn fawr yn y gornel wrth ymyl y ffenestr. Ar hyd dwy wal mae rhesi ar ben rhesi o silffoedd llyfrau, yn llawn dop o gyfrolau sydd wedi gwneud argraff arnat, ac wedi mowldio dy gymeriad.

Y Beibl a'r Coran. Dante a Dafydd ap Gwilym. *Y Mabinogi* a *Mil ac Un o Nosweithiau Arabia*. Saunders Lewis a Lenin. *Adfer Enaid y Cymro* a *Sosialaeth i'r Cymry*. J R Jones a Nietzche.

Mae effaith cynifer o lyfrau'n gwneud iddi deimlo'n glostroffobig yng nghaethiwed dy ystafell.

"Mae bwyd yn barod, os wnei di ddod gyda fi."

Mi wyt ti'n estyn dy law iddi'n gwrtais. Ar y cychwyn, nid yw hi'n siŵr beth ddylai hi ei wneud. Ofn cymryd dy law ac ofn gwrthod hefyd. Rhaid iddi ofyn y cwestiwn sydd wedi bod ar ei meddwl ers iddi ddod ati ei hun.

"Euros? Pam hyn? Pam ti'n gwneud hyn?"

Naturiol iddi ofyn hynny dan yr amgylchiadau, ac rwyt ti'n falch o'r cyfle i dawelu ei hofnau.

Nid ei meddiannu hi yw'r bwriad. Nid dyna yw'r bwriad o gwbl. Mae gen ti lawer mwy o feddwl ohoni na hynny. Mae ei chael hi yno'n ddigon. Does ganddi ddim syniad cymaint yr wyt wedi breuddwydio am y foment hon. Rwyt wedi aros blynyddoedd am y fraint o'i chael yn westai i ti. A nawr mi wyt ti'n gofyn iddi ddod i gael swper gyda ti.

Mae hi'n gafael yn betrusgar yn dy law, ac yn gadael i ti ei harwain i lawr y grisiau pren i'r ystafell fwyta. Rwyt yn ei gwahodd i eistedd mewn cadair ledr o gwmpas y bwrdd derw petryal.

Gosodwyd y bwrdd yn ofalus gennyt. Canwyllbrennau arian sy'n goleuo'r ystafell, yn taflu eu goleuni ar y muriau coch tywyll gan greu agosatrwydd cynhesol.

Rwyt eisoes wedi gweini'r cwrs cyntaf o gawl pannas,

moron a choriander mewn powlenni gwyn tsiena tenau. I ddilyn hynny mae gennyt wledd o seigiau cig oen blasus, llysiau ffres a photeli o'r gwin coch gorau. Er gwaethaf ei sefyllfa mae chwant bwyd arni ac mae'n bwyta gydag awch.

Wedi gorffen ei phryd, mae ei llygaid glas yn edrych arnat ac mae'n mentro gofyn: "Ti yw'r llofrudd? Wnest ti'r cwbl er fy mwyn i?"

Mae sŵn dychryn yn ei llais.

"Wel, naddo… mae'r achos yn fwy nag unigolion fel ni. Ond celwydd fydde dweud nad oeddet ti yng nghefn fy meddwl drwy'r cyfan. Fel Beatrice i Dante, Morfudd i Dafydd ap Gwilym, a'r Ferch Dywyll i Shakespeare, felly wyt tithe i mi, Branwen. Mi wyt ti wedi bod yn fy meddwl ers deng mlynedd ar hugain, fyth ers i mi dy weld am y tro cyntaf yn dy jîns carpiog a dy grys-T Popeth yn Gymraeg yn Steddfod Cricieth yn saith deg pump. Wyt ti'n cofio ni'n dau ar sgwâr y dref yn yfed yn yr haul hirfelyn?"

"Odw. Ond Euros, pam hyn?"

"Wyt ti'n cofio mynd o'r dorf am dro i'r Lôn Goed? Law yn llaw o olwg hagrwch y byd. Wyt ti'n cofio, Branwen?"

"Odw. Beth sydd wedi digwydd i ti?"

Mi wyt ti'n dal y gwydr gwin rhwng dy fysedd ac yn edrych drwyddo ar ei phrydferthwch yng ngolau pŵl y gannwyll wêr. Heno daeth breuddwyd yn wir. Heno rwyt ti'n teimlo bod y cylch yn dechrau cau a phopeth yn dod i'w gyflawnder terfynol.

"Dw i'n cofio'r peth fel ddoe. Tithau'n gorwedd yno ar y llawr gyda dy ddwylo o dan dy ben a dy lygaid ynghau. Tywynnai'r haul arnom. Ac fe ddywedes i eto nad oedd pwynt cario 'mlaen ac fe gytunest ti'n ddifeddwl, heb agor dy lygaid. Gofynnes i ti edrych arnaf ac ar ôl ychydig fe wnest, ac fe blyges i drosot a rhoi fy wyneb ar dy fronnau a'm llaw ar dy glun. Gorweddodd y ddau ohonom yno heb symud. Ond oddi tanom yr oedd popeth yn symud, yn symud yn araf – y ddaear yn troi'r dydd yn nos, a'r holl blaned gyfan yn troi o gwmpas yr haul, a'r haul yn symud ynghanol llwybr llaethog Caer Wydion. Wyt ti'n cofio hynny? Wyt ti'n cofio, Branwen?"

"Odw, dw i'n meddwl. Wedyn daeth rhyw Gymdeithas Lenyddol heibio ar daith nabod bro gyda'r gweinidog bach tew 'na'n eu harwain."

"Ie, tarfu arnom a difetha popeth. Ar droeon abswrd felly mae'n bywydau ni'n troi. Wedi hynny fuodd pethe fyth yr un peth. Fe chwalwyd pethe, fe gollon ni'n gilydd mewn dawns yn Afonwen, ac wedyn fe gwrddest ti Garmon yn y coleg ym mis Hydref a..."

"Ond roeddet ti'n perthyn i mi. Yn gefnder cyfan."

"Pa ots am hynny? Ro'n i'n dy garu di. Rwy'n dal i dy garu di, Branwen."

Mae'n edrych yn ôl yn ddiddeall arnat. Nid yw hi'n deall beth sy'n digwydd iddi, ond mae'n rhaid i ti esbonio'r cyfan iddi.

"Ti halodd fi dramor. Ro'n i mewn gwewyr am flynyddoedd o dy achos di. A phan ddes i 'nôl i Gymru roedd popeth wedi newid. Popeth ond un peth. Fy nghariad atat ti, Branwen. Felly'r unig le posib i fi weithio ynddo oedd ardal lle gallwn dy weld ti'n aml. Dim ond dy weld di. Roedd hyd yn oed cyn lleied â hynny'n ddigon i fi."

Ar ôl swper mi wyt ti'n mynnu ei bod hi'n eistedd ar y soffa yn gwylio un o hen ffilmiau'r Brodyr Marcs ar y teledu, tra bod tithau yn eistedd yn y gadair freichiau yn ei gwylio hi yn gwylio'r ffilm. Rwyt yn ei sicrhau nad wyt am ei chyffwrdd, dim ond bod yno gyda hi.

"*A Night at the Opera*. Wyt ti wedi'i gweld hi o'r blaen?"

"Na, ddim i fi gofio."

"Mae yna ddarn gwych yn y funed, gwranda."

"Groucho: *That's alright, it's in every contract. That's what they call the sanity clause.*

Chico: *Ah ha ha, ah ha ha. You can't fool me, there ain't no sanity clause.*"

Ar hynny mi wyt ti'n chwerthin dros y lle. Wrth edrych arni wedyn mi wyt ti'n gweld ei bod hi'n meddwl bod dy chwerthin di yr ochr draw i orffwylledd.

"There ain't no sanity clause! Dyna i ti wirionedd! Wyt ti'n deall, Branwen?"

Mae hi'n nodio ei phen; nid yw hi'n gallu yngan gair gan fod ei cheg wedi mynd yn sych grimp.

"Mi fuon ni mor ddall 'slawer dydd yn dilyn yr hen Garl Marcs yn slafaidd. Gan y Marcswyr yma oedd y gwirionedd, wedi'r cyfan! *No sanity clause!*"

Mi wyt ti'n dechrau chwerthin yn wallgof eto.

"Neu fel wedodd yr hen Siôn Cent slawer dydd:

'Astrus erioed mewn ystryw

Ystyr y byd ynfyd yw.

Llawn dialedd, llawn dolur

Llawn llid, llawn gofid o gur'."

Mae'n mynd yn hwyr a rhaid i ti baratoi ar gyfer dydd o ddihenydd yfory, felly mi wyt ti'n ei hebrwng ar draws y landin i'w hystafell.

Yno, mae'r ffenestri wedi'u gorchuddio â llenni trwm. Er cymaint y buaset yn hoffi aros gyda hi yn yr ystafell a rhannu ei gwely, rwyt wedi gwneud yn glir iddi nad yw'n fwriad gennyt ei chyffwrdd. Rwyt yn ddisgybledig ac yn benderfynol o gadw at dy air. Mi wyt ti'n cloi a bolltio'r drws ar dy ôl gan adael llonydd iddi ddadwisgo ac ymolchi.

Mi wyt ti'n cerdded i lawr y grisiau ac yn sefyll wrth

borth y tŷ yn edrych allan ar y sêr.

Mae hi wedi hanner nos. Mor ddi-stŵr. Efallai nad oes neb byw ar ôl ar wyneb y ddaear.

Mae hi'n union fel y noson gofiadwy honno yn yr anialwch ddeng mlynedd yn ôl. Ar ôl i'r gwynt oedd yn ubain o'th gwmpas wrth greu lluwchfeydd tywod ostegu, pan wnest ti gamu allan o'r ogof a gweld y darlun cyfan. Y weledigaeth i gyd – y fflam a gyneuodd y tân.

Fe deimlaist ti'r byd tywyll yn troi o dan dy draed ac fe edrychaist tua'r nef ac nid oedd Duw yno. Mae'r tywyllwch oer, myglyd yma am byth ac rydym ar ein pennau ein hunain.

Rydym yn byw ein bywydau am nad oes dim gwell i'w wneud. Creu rheswm wedyn. Cawn ein geni o ddiddymdra, magu plant sydd fel ninnau wedi eu tynghedu i ddychwelyd i'r diddymdra. Rhywbeth ar hap yw bodolaeth. Does dim ystyr ac eithrio'r hyn y byddwn ni yn ei ewyllysio.

Nid grymoedd dwyfol annelwig sy'n llunio'r byd digyfeiriad hwn. Nid Duw sy'n lladd y llanciau ac yn creu'r plant amddifad. Nid ffawd neu ragluniaeth sy'n eu gwneud yn ysglyfaeth i'r cŵn. Ni sy'n gwneud hynny. Neb ond y ni.

Wrth edrych yn ôl rwyt yn gwybod mai'r ennyd honno oedd dy ddadeni.

A bellach mae popeth wedi newid ac ni fydd pethau fyth yr un fath.

Does dim mwy i'w ddweud.

Nid oes troi'n ôl.

XXIV

A C YNA YN Y KYUYNG GYNGHOR, Y CAUSANT
GWNEUTHUR YSTAUELL HAEARN OLL.

Mi fedraf ei weld o nawr, yn syllu'n herfeiddiol arnaf o
ystafell dywyll ei feddwl.

Er fy mod yn gwybod bod criw o blismyn arfog wedi
amgylchynu'r tŷ ac yn cadw golwg yn y llwyni gerllaw, er
bod y swyddogion hynny yn clywed pob gair o'm heiddo
ar y meicroffon cudd, ac er i'r Ditectif Ringyll Morris fy
siarsio i weiddi'r gair côd pe bai unrhyw arwydd o berygl
i Branwen neu minnau – er hynny i gyd, rwy'n cofio
teimlo'n ddiamddiffyn iawn wrth i mi gerdded i fyny'r
rhodfa o'r lôn at y tŷ.

Safai Glan Siddi ar yr arfordir ar y ffin rhwng Ceredigion
a Phenfro, mewn darn anghysbell o dir ymhell o bob man.
Hen dŷ gwyngalch o'r ail ganrif ar bymtheg ydoedd a
etifeddodd Euros gan ei daid. Fel arfer byddai golygfa
wych i'w gweld oddi yno ar draws y dŵr i Iwerddon, ond
y prynhawn hwnnw gorchuddiwyd y tir o gwmpas Glan
Siddi gan haenen drwchus o niwl môr.

Cyrhaeddais y tŷ a churo ar y drws derw.

Agorodd Euros y drws trwm ac edrych arnaf â'i lygaid
gwyrddlas yn disgleirio'n hyderus. Meddyliais fod golwg
wylltach arno na'r hyn a gofiwn. Daliai reiffl yn ei ddwylo
oedd yn pwyntio'n beryglus o agos at fy mhen.

"Dere miwn. Does neb arall gyda ti, oes e?"

Edrychodd y tu ôl i mi er mwyn gweld a oeddwn ar fy mhen fy hun.

"Na, neb ond y fi."

"Dw i ddim yn dy gredu di, ond does dim ots pe bai gyda ti holl heddluoedd Ynys y Cedyrn wrth dy gefen. Er, mi fyddai'n dda pe baen nhw'n gadael i ni gael tamed bach o lonydd. Ar dy ôl di, 'rhen ffrind."

Amneidiodd arnaf gyda'i ddryll i ddod i mewn o'r glaw mân. Yna caeodd y drws trwm a'i folltio, a'm dilyn i mewn i'r cyntedd. Rhoddodd un llaw ar fy ysgwydd, a gwasgodd faril y gwn yn fy ngwegil.

"Ble mae Branwen? Ydi hi'n iawn? Be wyt ti wedi'i neud efo hi?"

"Twt, twt, Mathew bach. Am ffordd i gyfarch hen ffrind. Brawd yn y ffydd ers talwm. Shwd ma'i ers tro? Wyt ti'n cadw'n iawn? Shwd mae'r teulu? Plant yn dal i ddwlu ar y Simpsons?"

Roedd o'n ceisio fy nharo oddi ar fy echel. Dangos mai ef oedd yn rheoli'r sefyllfa o'r cychwyn cyntaf.

"A Rhiannon? Mae'n siŵr ei bod hi wrth ei bodd yn dy weld di'n mynd bant ar dy geffyl gwyn i achub y byd!"

Ac roedd o'n llwyddo.

"Mae Rhiannon yn iawn," atebais yn sychaidd. "Mae hi fel finna yn poeni amdanat ti a Branwen."

"Whare teg i chi," meddai gan wenu'n goeglyd, ac ychwanegu'n sarrug: "'Sdim ishe i chi boeni am Branwen. Fydden i ddim yn 'neud lo's iddi am y byd – hi yw 'nghariad oes i."

Gwthiodd fi'n galed i gyfeiriad y grisiau pren a arweiniai i'r llofftydd.

"Lan llofft â ti i'r stafell fyw ar y llawr cynta, os gweli'n dda."

Wedi cyrraedd y landin, estynnodd agoriadau o'i boced

a datgloi'r stydi. Camodd y ddau ohonom i mewn.

Yno roedd Branwen yn eistedd ar soffa o flaen y teledu. Er gwaethaf ei chaethiwed edrychai mor ddeniadol ag erioed. Gwisgai ddillad graenus ac roedd yn amlwg wedi cael cyfle i ymbincio a rhoi lliw yn ei gwallt.

"Hen ffrind wedi galw heibio i'n gweld ni."

"Mathew!"

Cododd Branwen i'm cyfarch.

"Wel, mor braf yw cael hen gyfeillion ynghyd ar noson fel hon. Yr hen eneidiau hoff cytûn yn ôl gyda'i gilydd. Does dim ishe i fi gyflwyno neb, oes e?"

Edrychodd Branwen a minnau ar ein gilydd.

"Beth gwell na chwmni fy nghyfaill pennaf, sydd wedi bod fel brawd i mi, ac wrth gwrs fy nghariad oes, gyda mi heno. Teulu bach *Y Pair Dadeni* ynghyd unwaith eto. A dyma ti yma wedi gwneud dy waith yn dda ac wedi datrys y pôs."

"Wyt ti'n iawn, Branwen?"

"Odw, diolch. Wyt ti wedi dod i fynd â fi adre, Mathew? Odyw Garmon mas 'na? Odyw'r plant yn iawn?"

"Ydyn, maen nhw'n iawn," atebais.

"Eistedd, 'y nghariad i," meddai Euros. Gorchymyn oedd hynny, er gwaethaf y tynerwch yn ei lais. Yna, trodd ataf i a dweud wrthyf innau i wneud yr un fath yn y gadair ledr ger y silffoedd llyfrau.

"Well gen i sefyll, diolch."

"Stedda!" cyfarthodd y Dialydd, gan chwifio'r gwn yn ddiamynedd. Doedd gen i ddim dewis ond ufuddhau.

"Wyt ti'n mynd i'n lladd ni felly, Euros?" holais, gan geisio swnio mor ddidaro â phosib.

"Mathew bach! Gad y melodrama i dy adroddiade i'r heddlu! Ond ti'n iawn i feddwl taw heno yw diwedd y daith. Mae fy ngwaith bron ar ben. Un act sy'n weddill, wedyn fe ga' i orffwys."

"A chau'r patrwm, felly?"

Roeddwn yn sicr bod yna batrwm, ac roeddwn yn hyderus hefyd 'mod i wedi deall patrwm ei ddilyniant gwaedlyd hefyd.

"Pa batrwm? Ti'n hoffi trefn ac egluro pob dirgelwch on'd wyt ti? Ond ti'n gweld, does 'na ddim patrwm. Ti'n gweld patrwm lle does 'na ddim byd. Ti'n gweld trefn lle does dim ond anhrefn. Caos sy'n teyrnasu, Math bach."

Dim patrwm? Ond rhaid bod patrwm. Nid oedd pethau mor ddi-drefn ag y dywedai'r Dialydd. Roeddwn yn argyhoeddedig 'mod i wedi gweld patrwm.

"I've decided on a Gothic style in the living room. With blood-red walls, heavy curtains, pelmets and candelabras…"

Wrth i'r ddau ohonom siarad fel hyn, crwydrai sylw Branwen yn ôl at arlwy'r teledu. Ychwanegai sŵn y rhaglen ddecor at odrwydd afreal y sefyllfa.

"Ro'n i'n gwbod pa mor uchel oedd Brynmor yn yr heddlu ac y bydde fe'n cael 'i ddefnyddio i ddatrys y llofruddiaethe. Ro'n i hefyd yn gwbod y bydde'r hen Brynmor druan yn siŵr o dy ddefnyddio di fel arbenigwr seicolegol i ddod i waelod personoliaeth y llofrudd. Ro'n i'n gwbod, hefyd, y bydde dy ego di'n ffaelu gwrthod y demtasiwn i gymryd y job. Ac wrth gwrs, ro'n i'n iawn – fe lyncest ti'r abwyd."

Traethai'n hollol hunanfeddiannol, er i mi synhwyro ei fod yn ei chael hi'n anodd cadw'i hun a'r sefyllfa dan reolaeth lwyr drwy'r adeg. Weithiau byddai'n ymddangos yn gall a rhesymol, dro arall byddai'n troi'n fwy bygythiol ac yn taranu'n ffyrnig. Ar yr adegau hynny, doeddwn i ddim llai na'i ofn, a theimlwn yr ystafell yn mynd yn fwy clostroffobig a phoeth.

"Wnaiff lladd yr unigolion anffodus yma ddim newid

pethau. Mi ddaw yna Angus Porter neu Aled Penlan arall i gymryd 'u lle."

"Ond fe wneith e wahaniaeth mowr. Swyddogaeth rhyw Efnisien fel fi yw gwneud iddyn nhw feddwl ddwywaith. *Pour encourager les autres.*"

"And here in the bedroom I've gone for a Middle Eastern Arabian Nights look, with Persian rugs, Moroccan lanterns..."

Edrychais o'm cwmpas ar yr ystafell, ac ar y llyfrau toreithiog a'r llun trawiadol ar y wal. Roeddwn yn adnabod arddull yr artist, Hieronymous Bosch.

"Mae gen ti lun diddorol," meddwn.

"Be oeddet ti'n ddisgwyl – murddun gan Kyffin?" atebodd yn goeglyd.

Roedd triptych Bosch yn llun a hanner. Portread ydoedd o Ddydd y Farn, yn darlunio gwelediigaeth erchyll o arteithiau'r dyddiau olaf. Dinasoedd yn llosgi, dynion a merched yn cael eu poenydio gan fyrdd o ddiawliaid a llu o greaduriaid erchyll – chwilod anferth a madfallod rheibus yn arteithio'r pechaduriaid. Hyd yn oed yma, roedd y patrwm yn glir i mi. Ymladd yn Uffern, gyferbyn â Ffrwythlondeb Paradwys. Ac yn ben ar y cyfan, Gwybod Dwyfol y Barnwr ar Ddydd y Farn.

"Gyda phwy wyt ti'n sefyll, Euros? Efo'r angylion 'ta'r diawliaid?" gofynnais. Gan weld nad oedd yn anelu'r gwn tuag ataf mentrais godi o'r gadair i graffu'n fanylach ar y llun.

Sylweddolodd fy mod ar fy nhraed ac wedi agosáu ato.

"Sa 'nôl, Mathew. Sa 'nôl."

Ar hynny, gwthiodd faril y gwn yn galed yn fy mol, gan fy hyrddio yn ôl i'r gadair.

Roeddwn yn difaru agor fy ngheg. Er gwaetha'r ymgais i gadw'r sefyllfa dan ei reolaeth, bregus a dweud y lleiaf oedd cyflwr ei feddwl. Peryglus iawn fyddai herio gormod arno, roedd mor ansad fel y gallai un gair anghywir ei yrru dros y dibyn.

"A ta p'un, ers pryd mae rhyw anffyddiwr fel ti'n mela 'da diwinyddiaeth?"

"Isio gwbod pam, dyna i gyd…" atebais yn gloff.

"Pam? Mi weda i wrtho ti pam…" ysgyrnygodd, gan ddod i sefyll uwch fy mhen a gafael ynof gerfydd fy ngwallt. Tynnodd fy mhen yn ôl a phoeri siarad yn fy wyneb.

"Am fod y byd yn hyll, dyna pam. Am fod y byd yn ein llygru ni i gyd. Wy'n cofio sefyll yn Rhyfel y Gwlff yn edrych ar gyrff y milwyr wedi'u ffrio'n fyw ar y lôn i Basra. Wy'n cofio gweld y mamau a'u babanod yn cael 'u hacio gan ddynion parchus yn 'u cartrefi yn Rwanda. Ac wedyn fe ddes i 'nôl i'r wlad fach wirion hon. A beth weles i yma?"

Gollyngodd ei afael a chymryd cam yn ôl.

"Yr un peth. Llai gwaedlyd ond yr un drygioni oedd ar waith. Yr un llygredd. Yr un drwg yn natur dynion."

"A does dim y medri di na neb arall 'i wneud am y peth," dywedais wrth geisio ymladd am fy ngwynt.

"Dyna lle'r wyt ti'n camdybied, Math. Os nad oedd Duw am weithredu, yna roedd yn ddyletswydd arnaf i i gamu i'r bwlch a sefyll mewn barn a gweinyddu cyfiawnder."

Gwenodd yn nawddoglyd.

"Mi wyt ti fel y gweddill wedi anghofio o ble daethon ni. Wedi anghofio be enillon ni, a be gollon ni. Wnewch chi ddim cyflawni dim, chi bobl broffesiynol." Poerodd y gair olaf yn wawdlyd. "A phaid â meddwl dy fod ti'n ddim gwahanol jyst am fod gyda ti a dy wraig syniade bach rhyddfrydol."

"'Dyn ni ddim gwell na gwaeth na neb arall."

"Ti'n gwmws fel y Garmon ti'n ei fychanu gymaint. Dwyt ti'n ddim gwahanol iddo fe. A gweud y gwir ti'n waeth na fe. Rwyt ti'n gwbod y sgôr ond yn dewis bywyd hawdd a saff. Dyna pam o'dd rhaid i fi dy gosbi di, Math bach."

Wrth iddo ddweud y geiriau hynny mewn ffordd mor oeraidd a didaro sylweddolais fy mod i allan o'm dyfnder. Sut yn y byd y bûm i mor ffôl â meddwl y gallwn berswadio Euros i ildio? Rhiannon oedd yn iawn, roedd y Dialydd ryw bum cam ar y blaen i mi ar hyd yr adeg.

Roedd y waliau'n cau amdanaf eto. Rhaid oedd cadw hunanreolaeth ac ymladd yn erbyn yr ysfa i gynhyrfu.

"A Brynmor," meddwn yn araf.

"A Brynmor druan. Ond allwn ni ddim esgusodi pechode pobol am eu bod nhw'n ffrindie i ni."

"A Branwen."

"Mae pob dyn yn lladd yr hyn y mae'n ei garu, medden nhw," atebodd Euros gan symud draw at Branwen. Dal i wylio'r teledu yr oedd hi, yn amlwg yn ceisio cau ei chlustiau i'r sgwrs. Rhoddai ei sylw'n llwyr i'r rhaglen addurno tai.

"Right, this is the moment of truth. Close your eyes. Have we got a surprise in store for you!"

Gafaelodd Euros yn ei llaw a dweud mewn llais tyner: "Mae'n rhyfeddod i fi sut y gall rhywun mor hardd â hyn fodoli mewn byd mor salw."

Gollyngodd law Branwen gan ailanelu'r dryll at fy mhen, a cherdded am yn ôl tua'r silff lyfrau yn dal i bwyntio'r arf tuag ataf. Ymbalfalodd ymysg y llyfrau am ychydig cyn estyn cas lledr brown bychan oddi ar y silff.

Gwenodd arnaf.

"Dyma ti, Math, rwy ishe rhoi hwn i ti."

Estynnodd y cas lledr bychan i mi.

"Beth ydi o?" holais gan agor y cas. Y tu mewn yr oedd

peiriant dictaffon. A'r tu mewn i'r peiriant yr oedd tâp.

"Rhywbeth fydd yn ddeunydd gwych i dy astudiaeth ohonof!"

"Be? Cyffesiad ar dâp?"

"Na. Datganiad o Fwriad! Un *dispatch* olaf gan yr hen hac," cyhoeddodd yn hyderus. "Does dim diben cuddio'r goleuni dan lestr, oes e? Ac rwy wedi dy ddewis di i gyhoeddi'r gwir yn erbyn y byd. Ti fydd cofiadur fy nghyfiawnder!"

Edrychais ar y peiriant recordio bychan yn syfrdan. Roedd Euros wedi ysgythru 'I Math oddi wrth yr Hanner Brawd' ar y cas mewn llawysgrifen gothig – yr un llawysgrifen ag a ddefnyddiodd ar ei nodiadau gwaedlyd.

"Wel, paid ag edrych mor hurt. Fe allet ti ddiolch i fi o leiaf."

"Diolch am be?"

"Am roi ffordd i ti goroni dy yrfa! Ac am fod mor raslon â gadel i ti fyw."

"Wyt ti am ein gadael ni'n rhydd, felly?"

"Fe gei di fynd cyn hir, os wnei di fihafio," meddai gan chwifio'r gwn yn fygythiol ac ychwanegu: "Ond dim ond pan fydda i'n gweud ac nid cyn 'ny!"

Gafaelodd yn llaw Branwen a gwneud arwydd arnaf i agor y drws a cherdded allan ar draws y landin. Rhoddais y peiriant recordio yn fy mhoced, a sefyll ar ben y grisiau pren, yn aros am ei orchymyn. Teimlais faril gwn yn fy nghefn.

"Lawr â ni. Cer reit lawr i'r gwaelod, wedyn tro i'r chwith i'r hen gegin."

Symudais ymlaen i'r llawr gwaelod, gyda'r Dialydd a Branwen yn fy nilyn. Ar waelod y grisiau trois i'r chwith a cherdded draw i ran hynaf yr adeilad.

Wrth i ni gerdded, rhoddais un cynnig arall ar resymu

ag ef a'i ddarbwyllo i ildio ei hun i'r heddlu.

"Fe gaet ti sylw mawr yn yr achos llys, fe gaet ti gyhoeddi dy neges i'r byd. Fydde ddim angen i ti ddibynnu arna i i drosglwyddo dy neges wedyn. Fe gaet ti gymryd y lle blaenaf ar y llwyfan."

"Gad dy lapan dwl, Math bach. Fi sy'n rheoli'r sefyllfa hon, jyst cer yn dy flaen, a stedda wrth ymyl bwrdd y gegin."

Camais i lawr un gris carreg dros y trothwy i'r gegin, ac eistedd ar y fainc wrth y bwrdd pren. Safodd Euros uwch fy mhen a rhoi'r gwn i orwedd yn ysgafn ar fy ysgwydd, gyda'r baril yn oer yn erbyn fy nghlust.

"Daeth amser ffarwelio," dywedodd, gan dynnu clicied y gwn yn ôl.

Dyma ni, meddyliais, a'm gwefusau'n mynd yn sych grimp ar amrantiad. Mae o wedi newid ei feddwl eto. Mae o am fy saethu go iawn y tro hwn.

"Paid â phoeni'r pwdryn! Dw i ddim yn mynd i whythu dy frêns di mas. Mae 'da fi ormod o feddwl o'r hen fwrdd derw 'ma. Ac mae 'da ti waith pwysig i'w 'neud i fi ta beth, on'd oes e?"

Gollyngais anadl fechan o ryddhad wrth iddo dynnu'r gwn oddi ar f'ysgwydd.

"I ble'r ei di?" gofynnais yn gryg. "Mae'r plismyn wedi amgylchynu'r lle. Fedri di ddim dianc."

"O gallaf."

Plygodd ar ei gwrcwd a symud mat gwellt o'r llawr, gan ddatgelu drws pren.

"Hen dŷ yw Glan Siddi. Fel lot o hen dai ar yr arfordir, mae 'na ddrysau a chorneli annisgwyl yma. Ti'm yn cofio straeon smyglwyr T Llew ddarllenest ti'n grwtyn?"

Agorodd y trapddrws. Gallwn weld grisiau cerrig yn arwain i lawr yn serth o dan y gegin. Dyfalais fod yno seler neu dwnnel yn arwain o'r tŷ o dan y graig ac allan i gyfeiriad y môr.

"Branwen. Beth am Branwen?"

"Mae Branwen yn dod gyda fi. On'd wyt ti, 'nghariad i?" Edrychodd yn heriol arnaf i, ac yna'n ddisgwylgar arni hi. Wnaeth hi ddim ateb, ond wnaeth hi ddim gwrthwynebu chwaith pan afaelodd y Dialydd yn ei llaw unwaith eto a'i harwain at ddrws y seler.

"O ie, cyn mynd gwell i fi weud hwyl fowr wrth ein ffrindie yn y Polis Ffôrs."

Gwnaeth ystum ffug barchus fel rhyw ddiacon ynfyd ar fin gwneud y cyhoeddiadau yn y sedd fawr.

"Gobitho eich bod chi wedi joio gryndo ar ein sgwrs fach ni heddi. Ond pidwch meddwl trio ein dilyn ni, neu fe ddefnyddia i'r dryll," dywedodd gan smalio anelu'r gwn tuag ataf.

Cyn iddynt ddiflannu a chau'r drws ar eu holau, daliais lygad Branwen, a hyd heddiw rwy'n dal i feddwl am yr olwg ar ei hwyneb. Oedd hi'n mynd o'i gwirfodd neu a oedd hi wedi'i rhewi gan ofn?

Fedrwn i ddim ateb y cwestiwn bryd hynny, a fedra i ddim ateb y cwestiwn heddiw chwaith.

Y gwewyr meddwl yma a barodd i mi aros am funudau tyngedfennol cyn codi o'r bwrdd. Y cyfan wnes i oedd eistedd yn fud wrth fwrdd y gegin. Roedd y tawelwch yn braf, ac ni symudais yr un fodfedd am funudau lawer. Efallai mai sioc oedd yn gyfrifol am hynny, ond rywsut fedra i ddim peidio â meddwl ein bod ni'n dau – Branwen a minnau – yn gyfrannog yng nghynlluniau Euros. Yn cydweithredu ag ef yn ddiarwybod i'n hunain.

Cysurais fy hun. Beth bynnag oedd cyflwr meddwl y Dialydd, beth bynnag oedd y perygl y gallai ladd pobl eraill neu ddifa ei hun, ni fyddai Euros yn brifo Branwen.

Roedd o'n amlwg yn ei haddoli.

Torrwyd ar draws fy synfyfyrio gan sŵn cwareli ffenestr y gegin yn chwalu. Malwyd drws trwm y gegin hefyd pan hyrddiodd dwsinau o blismyn arfog eu hunain i mewn i'r tŷ. Rhuthrodd y dynion â'u gynnau heibio wrth i mi eistedd yn llonydd ger y bwrdd.

Teimlais law awdurdodol ar f'ysgwydd.

"Pidwch symud," gorchmynnodd y Ditectif Morris, cyn dilyn gweddill y gwŷr arfog trwy'r drws cudd o dan seiliau Glan Siddi i erlid y Dialydd.

XXV

A r ôl i mi ddangos y llwybr o dan yr hen dŷ i'r plismyn, cefais fy hebrwng draw at un o gerbydau'r gwasanaethau brys oedd yn aros gerllaw. Er i mi brotestio yn erbyn hynny, a cheisio darbwyllo'r Ditectif Ringyll Morris i adael i mi fynd gyda'r timau chwilota, gwrthod fy nghais a wnaeth.

"Rych chi wedi gwneud cyment ag y gallech chi, syr. Y peth gore i chi fydde gadel i'r proffesionyls gymryd drosto am nawr. Rown ni wbod i chi unweth y dalwn ni fe, pidwch becso."

Rhyw ddwy awr yn ddiweddarach tarodd y Ditectif Morris ei wyneb bachgennaidd heibio i ddrws y car a holi sut oeddwn.

"Shwd 'ych chi erbyn hyn 'te?"

"Iawn, diolch. Dw i'n iawn," atebais, yn dal i grynu ychydig, er bod blanced gynnes wedi ei lapio amdanaf a phaned o de melys yn fy nwylo.

"Oes yna newydd?"

"Na, dim byd 'to. Ond pidwch poeni. Ma' gyda ni hofrennydd lan yn whilo'r glanne, ac ma' 'na fois â chŵn yn cribo ar hyd y llwybr cered. Fydd e ddim yn gallu rhedeg yn bell."

Esboniodd fod y drws yn llawr cegin Glan Siddi yn arwain i lawr at ogof o dan y graig, ond nad oeddent wedi darganfod dim olion ar y traeth nac yn yr ogof ei hun oedd yn awgrymu bod neb wedi bod yno. Doedd yno ddim olion traed yn y tywod, na chwch ar y traeth. Roedd fel pe bai Euros a Branwen wedi diflannu oddi ar wyneb y ddaear.

Dywedodd y plismon mai'r bwriad oedd dal ati i chwilio â chŵn tan iddi nosi, ac y byddai'r hofrennydd yn dal i chwilio am y rhan fwyaf o'r nos. Roeddent hefyd am osod rhwystrau ar y ffyrdd ledled y sir a thu hwnt.

"Dyw e ddim yn mynd i gael jengyd tro 'ma."

Er fy mod yn edmygu penderfyniad yr heddwas ifanc, nid oeddwn yn rhannu ei optimistiaeth. Gwyddwn ym mêr fy esgyrn fod Euros wedi cynllunio ei ddiflaniad yn fanwl, ac na welem ni ef eto ar dir y byw.

"Gyda llaw ryn ni wedi trio cysylltu gyda'ch gwraig er mwyn rhoi gwybod iddi eich bod chi'n saff. Ond ryn ni'n methu cael gafael arni. Oes gyda chi rif 'i mobeil hi?"

"Oes, diolch am fynd i'r drafferth, ond mi wna i drio ei ffonio hi toc," atebais. Roedd meddwl am Rhiannon a'r plant yn codi hiraeth, a daeth awydd mawr drosof i'w gweld yr eiliad honno. Gofynnais i'r heddwas a fyddai'n iawn i mi fynd adref cyn hir.

"Mi fydde'n well 'da ni tysech chi'n mynd am archwiliad gan y doctor i'r ysbyty gynta."

"Na, dw i'n iawn."

Mynnais gael fy ffordd, ac ar ôl ychydig funudau o gyddrafod gyda swyddogion heddlu a pharafeddygon eraill, cytunodd i'm cais.

Codais a cherdded heibio i'r cerbydau heddlu at fy nghar fy hun.

"O ie, un peth cyn i chi fynd," galwodd yr heddwas ar fy ôl. "Ro'n i'n gryndo ar y meicroffon cudd. Oedd y Dialydd ishe rhoi rwbeth i chi? Chi'n cofio? Beth o'dd e?"

Roeddwn wedi anghofio popeth am beiriant dictaffon Euros.

"Isio rhoi tâp i mi oedd o. Dwn i ddim be o'dd arno fo. Ond..."

"Odyw e gyda chi nawr?" gofynnodd y plismon yn eiddgar. Gallwn weld fflam uchelgais yn cynnau yn ei lygaid.

Peidiwch â gofyn i mi pam, ond gwadu bod y tâp yn fy meddiant wnes i.

"Na, mae'n rhaid ei fod o wedi newid ei feddwl neu rwbath. Ddaru o ddim rhoi unrhyw beth i mi yn y diwedd. Mae'n rhaid 'i fod o wedi mynd â'r peth efo fo."

"Trueni," dywedodd y ditectif yn siomedig. "Fe fydde rhwbeth fel 'ny wedi bod yn dystiolaeth ardderchog."

Yna, ffarweliodd â mi gan ddweud wrthyf am beidio â theimlo'n wael am ddigwyddiadau'r dydd. Roeddwn wedi gwneud fy ngorau. Doedd dim bai arna i o gwbl.

Erbyn hyn yr oedd y niwl wedi cilio a phelydrau gwan yr haul yn machlud dros yr arfordir. Cychwynnais yr injan a throi trwyn yr Awdi am adref, gyda Louis Armstrong yn canu am ei 'Wonderful World'.

Bellach, mae'n siŵr y byddai Rhiannon yn ceisio paratoi'r plant am eu gwelyau. Dyhëwn am gael clywed ei llais a swnian y plant yn y cefndir. Rhoddais ganiad sydyn iddi ar ei ffôn symudol i ddweud fy mod yn iawn ac i adrodd rhywfaint o'r hanes.

Dim ateb.

Erbyn i mi gyrraedd adref roedd hi wedi nosi, ond doedd dim golau yn Rhyd Myddfai – roedd y lle'n hollol dywyll.

Ar ôl cynnau'r golau trydan, gwelais amlen wen ar y bwrdd.

Agorais yr amlen. Y tu mewn yr oedd neges foel gan Rhiannon.

"Dy ddewis di oedd hyn."

XXVI

EMYSTYNNU I DAW YNTEU YN Y PEIR, YNY DYRR Y PEIR YN PEDWAR DRYLL, AC YNY DYRR Y GALON YNTEU.

Rwyf wedi bod ar fy mhen fy hun yn Rhyd Myddfai ers mis bellach. Mae Rhiannon wedi cytuno i gyfarfod â mi yr wythnos nesaf er mwyn trafod ein dyfodol fel teulu, ond dydw i ddim am godi fy ngobeithion.

Ond dw i'n gwneud yn iawn.

Y rhan fwyaf o'r amser.

Nid wyf wedi gweld na chlywed gan Brynmor ers tro. Mae Garmon wedi cael absenoldeb arbennig ers herwgipio ei wraig. Does dim sôn am ddyrchafiad, felly rwy'n dal i bydru ymlaen yn fy hen swydd yn y coleg. Nid bod hynny'n poeni rhyw lawer arnaf mwyach. Mae digwyddiadau'r misoedd diwethaf wedi rhoi gwedd newydd ar bethau i mi.

Ond dw i'n gwneud yn iawn.

Nid wyf wedi magu digon o blwc i chwarae tâp Euros. Ond nid wyf wedi ei roi i'r heddlu chwaith. Rwyf wedi gadael y cas du ar ben y set deledu, ac yno y caiff fod am y tro.

Mae rhai dyddiau'n well na'i gilydd. Weithiau mi fedra i osgoi meddwl am y peth. Weithiau mi fedra i anghofio'n llwyr am awr neu ddwy. Bryd hynny rwy'n iawn ac yn llwyddo i gadw 'mhen uwchben y dŵr. Y rhan fwyaf o'r amser.

Y bore yma fe ddaeth y Ditectif Morris heibio.

Rwyf wedi rhoi'r gorau i wrando ar y radio, mynd o un gyflafan i'r llall y mae'r penawdau newyddion. Felly, gwrando ar ryw Miles Davis pruddglwyfus a cheisio gweithio oeddwn i pan ddaeth yr heddwas i'r drws. Cynigiais baned iddo a'i arwain i'r stydi.

Roeddwn yn hanner amau mai dod i holi eto am y tâp yr oedd. Ond nid dyna oedd byrdwn ei neges.

"Flin 'da fi drwblu chi," dywedodd wrth sipian ei goffi'n betrusgar, "ond mae 'na ddatblygiade wedi bod yn achos y Dialydd."

Daliais fy ngwynt wrth iddo adrodd yr hanes.

"Ro'n i'n meddwl y licech chi fod gyda'r cynta i glywed. Bore ddoe fe gafodd corff ei ffindo ar draeth lan sha Harlech. O'dd y corff wedi decomposo'n ddrwg, ond ryn ni wedi gallu cael positif ID arno fe."

Wrth wrando ar eiriau'r Ditectif teimlais don o ryddhad yn golchi drosof, a phwysau baich euogrwydd yn ysgafnhau am y tro cyntaf ers wythnosau.

"Beth oedd achos y farwolaeth. Boddi?"

"Falle, ond doedd canlyniade cynta'r path lab ddim yn ddigon clir i weud 'ny'n bendant."

Yfodd yr heddwas ei goffi'n araf.

"Fe ffindon ni ddyfyniad mewn hen Gymrâg ar y corff. Rhwbeth am dorri pair yn beder rhan a thorri calon."

Gwyddwn yn syth at beth oedd y dyfyniad yn cyfeirio. Efnisien yn dewis ei ddifa ei hun trwy gael ei daflu i'r Pair Dadeni, gan ddinistrio'r Pair a rhoi terfyn ar y lladd a'r ymladd. Tybed, felly, ai ei ladd ei hun a wnaeth y Dialydd yn y diwedd, neu ai rhyw ddamwain eironig fu'n gyfrifol am ei ddiwedd?

Euros druan, meddyliais gan bwyso'n ôl yn fy nghadair ledr. Er gwaethaf popeth, roeddwn i'n ei nabod o'n dda.

Bu'n ffrind i mi unwaith.

"Ryn ni'n eithaf saff ei bod hi wedi marw ers rhai wthnose."

"Hi? Be 'dach chi'n 'i feddwl 'hi'?"

Edrychodd y plismon yn syn arnaf.

"Mae'n flin 'da fi. Chi wedi camddeall. Corff menyw gafodd ei olchi lan ar y traeth. Corff Mrs Elfyn.

"Mae'r Dialydd ei hun yn dal mas 'na."